U0024464

官商鬥法
之
5
一石三鳥
姜遠方 著

目錄 CONTENTS

第一章 有力內線……5
第二章 政治智慧……27
第三章 富貴險中求……53
第四章 手中王牌……81
第五章 後繼無人……101
第六章 一石三鳥……129
第七章 撞車事件……153
第八章 別有用心……175
第九章 驚弓之鳥……205
第十章 最後通牒……229

有力內線

高豐埋伏在海通客車的線人，竟然是辛傑。
但是高豐只是讓辛傑盡到他廠長的本分而已，甚至高豐想要重啟談判，
也不是找辛傑傳話，他找的是傅華，就是不想暴露辛傑這個很有力的內線。

跟趙凱、傅華分手之後的高豐並沒有回家，而是開車直奔首都機場，他要迎接一位下午到北京來的客人。

雖然高豐在傅華和趙凱面前顯出一副跟海通客車合作汽車城信心滿滿的樣子，可內心中，他很清楚事情絕對不像他說得那麼輕鬆。

汽車城項目是給他的百合集團股票拉了三個漲停板，可是在這其中運用了多少資金炒作才支撐下來，他是很清楚的。因此他的股票上升只是暫時的，後繼乏力。至於他說的增股來籌集資金運作汽車城，這只是去除傅華疑心的一個說辭，那個也是需要經過一個漫長的過程的，眼下海川市政府就在等著他的資金到位，遠水解不了近渴。

高豐需要在近期內就籌集到合同約定的十億元，這對他這種財技高超的人並不是什麼大問題，他可以在旗下的幾個公司之間倒出這十億元到海川來。問題是這十億元進來海通客車之後如何再倒出來。

高豐倒是真心想要做好客車行業，可是他並沒有足夠的資金來運作這個項目。夢想和現實之間還有非常大的差距。

這在別人來說，是一個很大的問題，可在高豐來說，卻一點都不是問題。他自認為財技驚人，長袖善舞，可以拆借旗下公司的資金來解決這個問題。

高豐已經有過成功的經驗，當初他為了讓公司達到收購百麗公司的六億元註冊資金的規定，一天之內將一億六千萬在兩個銀行之間來回匯了四次，從而獲得六億多元的進帳單，達到了註冊資金的標準，最終順利得以收購百麗公司。

想到這些，高豐臉上露出了笑容，對他這個聰明人來說，規則是可以通過種種手段來繞過去的，那個傅華還傻乎乎的追問自己收購資金的來源，如果自己沒想出要怎麼來運作這筆資金，又怎麼會跟他們海通客車簽什麼合作協議呢？

高豐的設想是這樣的，首先達成跟海通客車合作汽車城的協議，然後利用這個利多，通過炒作自家股票獲利，獲利的金額就作為運作汽車城項目的首期資金。至於海川市方面要求匯入海通客車賬上的十億元資金，除了首期資金之外，他可以通過旗下公司各挪借一部分。

現在股市上的獲利已經到手，下一步就是需要挪借各旗下公司的資金了，但是爲了確保挪借的資金能夠順利還回來，他必須預先做好安排。

這個安排就需要海通客車的人的配合了，沒有海通客車高層的配合，高豐是不可能將資金再挪出來的，而今天高豐要接的這個人，就是能夠配合他的人。

到了首都機場，來自海川的航班已經抵達，過了半個小時，高豐就看到了海通客車的廠長辛傑，他連忙迎了上去，笑著說：「辛廠長，一路辛苦了。」

辛傑笑著跟高豐握手，說：「高董，真是不好意思，還要麻煩你來接我。」

高豐笑著說：「應該的，應該的。」

隨即高豐將辛傑送到了北京飯店，進了房間，高豐和辛傑的神態立即變得放鬆起來。

「老辛啊，這一次我們合作成功，你有很大的功勞啊。」

辛傑笑說：「高董客氣啦，我只不過給你透露了一點消息而已。」

「別看這一點消息，對我來說可是十分的重要，知己知彼，才能百戰百勝嘛。」高豐說。

高豐埋伏在海通客車的線人，竟然是辛傑。

原來高豐在第一次去海通客車認識辛傑之後，就通過關係私下跟辛傑見過幾次面。交談中，高豐瞭解到辛傑的兒子很想出國留學，就通過在國外的關係公司贊助了辛傑兒子留學的所有費用，讓辛傑了卻了這一樁心事。辛傑對此自然很感激，海通客車的一些情況就通過他及時的讓高豐得以瞭解。

但是高豐並沒有讓辛傑公開的幫百合集團什麼，他只是讓辛傑盡到他廠長的本分而已，甚至高豐想要重啓談判，也不是找辛傑傳話，他找的是傅華，就是不想暴露辛傑這個很有力的內線。

高豐不讓辛傑暴露，還有一個重要原因，那就是他對辛傑是有大用的，這個大用，就是預備將來百合集團的資金進了海通客車之後，辛傑作爲海通客車的重要管理者，可以協助高豐將資金再轉出來。

不過，要想讓辛傑幫自己這麼大的忙，光贊助辛傑的兒子出國留學是不夠的，高豐必須徹徹底底的收服辛傑爲己所用才行，因此，高豐就在合同達成的第一個週末特別邀請了辛傑來北京。

高豐接著拿出一張金卡，遞給了辛傑，說：「這是我們集團的一點謝意。」

辛傑立刻推辭說：「這不好吧?高董對我的幫助已經不少了。」

高豐說：「老辛啊，你這個人啊，就是太厚道了，比起你對我們集團的幫助，這一點點謝意實在微薄，你不嫌棄就好了。」

辛傑便沒再拒絕，說：「那好，我就先收下了。」

見辛傑收下了，高豐滿意的笑著說：「這就對了，我們既然達成了合作協議，你我就是一家人了，做什麼就不需要客氣了。你先好好休息一下，晚上我帶你去見識一下北京的繁華所在。」

晚上，高豐親自開車，拉著辛傑去了北京郊區，在一座沒什麼標誌的別墅面前停了下來。

辛傑看了看別墅，別墅的外表裝飾很樸素，看不出什麼特別，便問道：「高董，這是什麼地方啊？」

高豐說：「這裏是北京最頂級的休閒場所了，只有地址，沒有名字的。」

辛傑好奇問道：「我聽他們說，北京最頂級的休閒場所不是什麼仙境、皇宮嗎？」

高豐笑笑說：「那些是臺面上的，這個社會能夠擺在臺面上的，就不會是最頂級的了。而且，那些地方隨便一個人只要有錢就能進去，這裏卻不同，只有會員才能進的。」

高豐和辛傑下了車，來到別墅門口，門馬上就開了，一個穿著旗袍的漂亮美女站在門旁，笑容滿面地對高豐說：「高董來啦，你可是有段時間沒過來了。」

高豐笑著說：「呵呵，我這不是來了嗎？」

美女看了看辛傑，問道：「這位是？」

高豐介紹說：「我朋友，辛董。」

美女立即笑笑說：「歡迎您，辛董。」

美女伸手做了個請的姿勢，高豐和辛傑就進了別墅的大廳，這裏顯然是別有洞天，有別於外面樸素的裝飾，大廳的裝潢就極盡豪華，水晶吊燈懸垂而下，晶瑩剔透，牆壁上畫著古羅馬風格的圖畫，栩栩如生，裸女極爲豐滿，男人則雄壯無比，充分體現了人體的美感。這個時候，辛傑才開始有點相信這裏面是頂級的休閒場所了。

又一個穿著旗袍的美女走了過來，笑著說：「高董，跟我來吧。」

高豐就帶著辛傑一起跟著美女上樓，美女的旗袍開叉很高，隨著往樓梯上邁步，白皙滑膩的大腿全看在了辛傑眼中，讓他心癢不已，心說這老祖宗還真是會享受，發明旗袍這種衣服，這不是擺明著誘惑男人們犯罪嗎？

到了樓上，美女將二人領進了一個套間，套間的裝飾就更爲豪華了，一套紅木傢俱厚重奢華，還有一張紅木大床。

美女笑著說：「高董，辛董，請坐。」

高豐吩咐說：「去把你們媽咪叫來。」

美女出去了，高豐坐到沙發上，辛傑則站在那裏打量著房間內的裝飾，有點羨慕的說：「這裏面的裝潢比我家裏都奢華。」

高豐笑著拍了拍沙發，說：「坐吧，老辛。這是什麼地方，頂級會所，銷金之地、溫柔之鄉、銷魂之窟，來往的非富即貴，不弄好一點，誰會來啊。」

辛傑坐到了沙發上，點了點頭，說：「是啊。」

門開了，一個高挑的漂亮女人走了進來，看到高豐，立即面露笑容就去坐到了他的身邊，輕輕地捶了高豐一下，膩聲說：「高董啊，這些日子去哪裡了？」

高豐淫邪的笑著，伸手捏了一下漂亮女人的臉蛋，說：「好了，別撒嬌了，我上次跟你說的事，你幫我安排好了？」

女人點了點頭，媚笑說：「高董吩咐，我自然不敢怠慢了，早就給你準備了。」

高豐指著辛傑說：「那好，這位是辛董，我就是爲他安排的，你把她請出來吧。」

女人看了看辛傑，說：「好哇，我馬上就去把她叫過來。」

高豐說：「快點，順便把常陪我的小玉叫來。」

女人出去了，辛傑看了看高豐，問道：「高董啊，你安排了什麼？」

高豐邪邪的笑了起來，說：「別急，一會兒你就知道了。」

過了一會兒，門再次被打開，那個女人回來了，身後還跟著兩個漂亮的少女。其中一個見到高豐，很乖巧的就去坐到高豐身邊，看來這個女人就是那個什麼小玉了，高豐微笑著將她攬進懷裏，狠狠地在她臉上親了一口。

那個女人把站在身後的另一個少女拉到辛傑面前，笑問：「辛董，這是小紅，你看看可滿意？」

小紅滿臉嬌羞，抬頭看了辛傑一眼，便趕緊低下了頭。

那女人輕輕推了小紅一下，說：「小紅，問辛董好啊。」

小紅低聲說道：「辛董好。」

辛傑看眼前這小紅高挑的個子，身上該凸的地方凸，該凹的地方凹，S型的身材玲瓏剔透，看面容也就十七八歲的樣子，說話更是十分的悅耳，真像書上說的那種燕語鶯聲，說得他心裏酥癢，透著舒服。

辛傑連聲說：「好，好。」便伸手將小紅拉了過去。

小紅僵了一下，想要掙脫卻又不敢，就這樣欲拒還迎的被辛傑拉進了懷裏。

媽咪笑著說：「辛董啊，小紅可是第一次，什麼事都還不懂，你可要愛惜她，慢慢教她啊。」

辛傑興奮的呵呵笑了起來，說：「好的，好的，我會慢慢教她的。」就越發攬緊了小紅。

小紅滿面通紅，可是又不敢掙脫，只好乖乖的依偎在辛傑的懷裏。

高豐笑看著這一切，知道辛傑很滿意，便站了起來，說：「辛董既然很滿意，那良宵一刻值千金，我們就不耽擱你春風一度了。」

辛傑對這個地方不是很熟悉，見高豐要離開，心裏有些慌張，看著高豐說：「高董，你要去哪裡？」

高豐說：「辛董放心，我只是讓媽咪再幫我開一個房間而已，就在旁邊，你別害怕。」

媽咪笑說：「辛董是第一次來，不知道我們這裏的根底，你放心，這裏是最保險的，門一關，就是自己的世界，沒人敢打攪您。」

辛傑看高豐不離開就放心了大半，笑笑說：「我知道了。」

高豐便攬著小玉走出了房間。

媽咪有些不太放心小紅，又交代說：「小紅，你可要聽話啊，要讓辛董滿意，知道嗎？」

小紅點了點頭，說：「好。」

媽咪又看了看辛傑，媚笑著說：「那就不耽擱辛董了。」說完走出了房間，隨手帶上了門。

辛傑看看沒了別人，伸手就去解小紅旗袍的鈕扣，小紅的身子顫抖了一下，閉上了眼睛，聽憑辛傑將她的旗袍揭開，褪了下去，一具充滿魅力、如玉一般的胴體展現在辛傑面前，令他心旌神搖，再也難以克制自己，便撲了上去……

鳥語花香，辛傑愜意的坐在自家的花園裏，嬌俏的小紅偎依在他的胸前，他的手在小紅的酥胸上流連著，滑膩、豐滿，那種醉人的感覺令辛傑心潮澎湃，忍不住趴上去親吻著。

小紅扭動配合著，一副動情的樣子。忽然，小紅的臉變成了鐵青色，猛地一把推開了辛傑，指著空中叫道：「山，山。」

辛傑往空中一看，只見一座大山從空中飛瀉而下，辛傑想要躲，可是身子彷彿被定住了，根本就動彈不得，只好看著大山整座的壓到了他的身上，他想推開，卻怎麼也推不開，慢慢地，他越來越喘不上氣來，憋得他驚叫了一聲，一下子坐了起來。

原來是南柯一夢，辛傑看看四周，見一個赤裸的少女正趴在身邊酣睡，少女的睡相很不雅，四腳扒拉的，一條腿還壓在他的身上。

辛傑清醒了過來，他想起了昨晚發生的一切，這個叫做小紅的少女給了他完全不同於其他女人的一種感受，新鮮、嬌嫩，猶如一朵含苞待放的帶露玫瑰，他讓這朵玫瑰徹底的開放了。

辛傑甜蜜的笑了，輕輕地在小紅還有些細細絨毛的小嘴上親了一下。小紅感覺到癢，伸手撓了一下嘴唇，繼續酣睡著。

有人輕輕的敲門，辛傑趕忙給小紅蓋上了被子，自己抓了件衣服穿上，把門開了一個縫。

高豐站在門外，指了指手腕上的手錶，說：「真是良宵苦短呢，你看看時間。」

辛傑看了看高豐手腕上的時間，十一點了，他這一次來北京是偷著來的，週一他還要回海通客車上班，因此他必須要做今天的飛機回海川，便有些急了，說：「高董啊，你怎麼不早點叫我？」

高豐笑笑說：「還來得及，你先收拾一下，我在下面大廳等你。」

辛傑指了指裏面，說：「那小紅怎麼辦？」

高豐說：「她我都安排好了，你就不用管了。」

辛傑有些不捨地哦了一聲，便關上門，匆匆簡單的洗漱了一下，看了看還在大床上熟睡的小紅，不捨地過去親了一下，打開門走了出來。

高豐在大廳等著，見辛傑出來，便站起來和他一起往外走，一邊說道：「時間有點匆忙，我們到機場吃飯吧。」

兩人上了車，高豐發動了車，駛離了別墅。

在車裏，高豐笑著問道：「昨晚見紅了嗎？」

辛傑有點不好意思的笑笑，沒說什麼。

高豐呵呵笑了起來，說：「這對我們這些做生意的人很有幫助的，代表著鴻運。」

辛傑笑笑說：「感覺是不錯，只是有點太匆忙了。」

高豐問：「怎麼，老辛，你捨不得這小紅？」

辛傑搖了搖頭，說：「捨不得又怎麼樣呢？我又不能天天來北京見她。」

高豐說：「你如果真的捨不得，我可以把她送到海川去啊。」

辛傑愣了一下，連忙搖頭說：「那可使不得。」

高豐笑說：「怎麼使不得，這件事情交給我了，你放心，費用的問題我來解決。」

辛傑看了看高豐，他心裏清楚高豐給他的回報已經遠遠大於他的付出，他並不是傻瓜，當然知道對方付出的越多，要求的回報也就越多，便問道：

「高董，你做的可是超出我的預期很多，你究竟想要我做什麼？」

高豐笑了，說道：「老辛啊，我們現在是合作夥伴，下一步我們百合集團要進廠經營了，我希望我們能夠配合好。」

辛傑說：「配合好貴方這是應該的。」

高豐看著辛傑，問道：「那我能夠當做老辛你理解我的想法了嗎？」

辛傑笑笑說：「大家現在在一條船上，高董是掌舵人，你說我能不和高董一條心嗎？更何況高董對我這麼好。」

高豐笑了起來，說：「是，是。聽到你這麼說我太高興了。老辛啊，現在企業就是缺乏這種上下一心的合作精神。有你這句話，我對經營好海通客車更有信心了。你放心，如果我把海通客車運作好，一定不會虧待你的。」

辛傑笑笑說：「高董真是明白人，相信我們一定合作愉快的。」

兩人就在首都機場隨便吃了一點東西，吃飯的時候，高豐跟辛傑大致談了一下他的經營想法，他想多利用海通客車的土地發展汽車城的房地產，至於改善海通客車生產技術的設備引進方面，他想要先暫緩或者儘量拖延。

高豐說：「老辛啊，你要知道，這十億資金真正要鋪開的話，是遠遠不夠的，我們需要先靠房地產累積起財富來，然後再全面思考汽車城的發展。」

高豐打算先利用海通客車的土地資源發展房地產，是因爲這不需要佔用他多少資金，而且資金回籠快。如果一開始就引進設備，那他挪借過來的十億資金很快就會被消耗殆盡，而且回報週期長，資金難以回籠，這可不是他樂見的。

謹慎起見，高豐並沒有提及他想把資金轉回百合集團的念頭，這倒不是他不信任辛傑，而是這些事情非到辦理前的那一刻，洩露出去是有很大的風險的。

辛傑對高豐的想法表示了贊同，說：「還是你高董有腦筋，你說我們這些國營企業的人不是傻子嗎？怎麼就沒想到開發房地產呢，這不是抱著金飯碗要飯吃嗎？高董一來，汽車城的概念一出，海通客車的棋就滿盤皆活啦。」

高豐心裏冷笑了一下，心說：你以爲我是爲你們盤活資產而來的嗎？

辛傑坐飛機回到海川，他這趟行程神不知鬼不覺。高豐隨即就打發親信將小紅送到

了海川，並給辛傑買了一間小套房，讓他可以金屋藏嬌。

辛傑笑納了這一切，作爲一個國營企業的管理者，他並不是企業的主人，雖然企業的好壞也與他休戚相關，可是那一點微薄的收入哪裡敵得過高豐私下給他的豐厚賄賂。

有些時候他心裏還憤憤不平，憑什麼同樣是管理一大筆資產，別人就可以花天酒地，爲所欲爲，而自己只能拿到一點微薄的工資，就是享受點什麼，也需要私下做手腳，不敢明目張膽。

辛傑自認並不低人一等，甚至他覺得自己比那些私人企業老闆能力強得太多。他早就不甘心這種守著大筆資產還過窮日子的生活了。因此他對高豐找上門來十分高興，覺得上天終於也開始眷顧他了，於是跟高豐一拍即合。

高豐見辛傑收下了小紅，便知道他已經收服了辛傑，可以在海通客車做他想做的事情了。

高豐先期支付的五千萬，頓時讓死氣沉沉的海通客車有了生機，工人們隨即漲了好幾級工資，雖然並沒有補發前面應該增加的薪水，可是工人們還是十分高興，都覺得百合集團給他們帶來了盼頭。

在海川市政府大力的支持下，海通汽車城很快就得以立項，汽車城開始大量招商搞建設，到處一片紅火的景象，似乎百合集團真的拯救了海通客車。

但是很多人都不知道高豐真實的想法，人們只看到他給海通客車帶來了新的活力，他被海通客車上下視爲企業的救星，被海川市政府認爲對國營企業脫困做出了重大貢獻，他成了海川市政府的座上賓，甚至後來徐正還一度有授予他榮譽市民稱號的念頭。

潮水上漲的時候，是沒有人知道誰在裸泳的。

北京，已是深夜，傅華和趙婷已經入睡。傅華手機突然響了起來，鈴聲在寂靜的夜晚中分外的刺耳。

傅華被驚醒，怕吵醒趙婷，連忙抓起手機接通了，低聲問道：「誰啊？」

電話那邊一個男人說道：「傅主任，是我，李強。不好意思，這麼晚還要打攪你。」

原來是順達酒店派來的工程部主管李強。傅華心裏一驚，以爲工地上出了什麼事情，趕緊問道：「怎麼了，李主管，是工地出了什麼問題嗎？」

李強說：「不是，不是工地上的事情。是我們的章總出了點問題。」

傅華愣了一下，他雖然不喜歡章鳳，可是她總是章旻派來的人，出了什麼事情他也不好交代。

「怎麼了，章總出什麼事情了？」

李強說：「章總在三里屯一家酒吧喝醉了，酒吧從她的手機裏找到了我的電話，打電話給我，讓我過去接她，可是我對北京的路不熟，我不知道該怎麼去，只好打電話給傅主任了。」

「好，你等著我，我馬上過去。」

傅華急匆匆穿好了衣服，躡手躡腳的離開了家，到辦事處接了李強，兩人就往酒吧趕。

兩人找到了酒吧，一進門，就聽到章鳳的聲音在大叫：「給我酒，給我酒。」傅華和李強趕緊衝到吧台前面，見章鳳滿臉通紅，酒氣熏天，正拍著吧台衝著酒保叫喊著。

傅華對酒保說：「對不起，我朋友喝多了。」

酒保大概見慣了這個場面，揮揮手說：「沒關係啦，趕緊把你朋友帶走吧。」

李強便對章鳳說：「章總，我們走吧。」

章鳳瞪了李強一眼，說：「要你管我，我不走，我還要喝酒。」

傅華看看章鳳，說：「章總，夠了，應該回去了。」

章鳳指著傅華的鼻子說：「臭男人，我回不回去干你什麼事？滾一邊去，別耽誤我喝酒。」

傅華看章鳳喝多了，已經失去理智，知道這麼勸是勸不走她的，便上前一把將她扛了起來就往外走。

章鳳還是不依不休，捶打著傅華的後背，叫道：「把我放下來，我不走，我還要喝酒。」

傅華不理章鳳的叫喊，自顧的往外走著，章鳳見傅華不理她，經過一張桌子時，伸手就去抓住桌子。

傅華正悶頭往外走著，沒想到章鳳會這麼做，他的衝勁太大，竟然帶著章鳳一下子將桌子拉倒了。桌子上，客人點的啤酒和佐酒的瓜子、果盤一下子摔到了地上。

一男一女原本正在酒吧曖昧昏暗的燈光下抱在一起卿卿我我呢，這下子被打斷了，男客人不高興地站起來，一把抓住傅華的胳膊，叫道：「你們怎麼回事啊？」

傅華自知理虧，轉過頭來連聲道歉：「對不起，對不起，我的朋友喝多了，打爛的東西我們賠償。咦，董律師，這麼巧，怎麼是你啊？」

傅華驚訝的發現，這個男人竟然是董昇。

董昇也沒想到扛著女人的男人竟然是傅華，有些尷尬的說：「是傅主任啊，你也來玩？」

傅華苦笑說：「我這個朋友喝多了，我是被酒吧叫來帶她回家的。這位是？」

傅華掃了一眼董昇身旁的女伴，雖然酒吧燈光昏暗，女人也扭著頭，沒正面對著傳華，可是傅華還是可以確信這個女人不是徐筠。再說，如果是徐筠，她一定會站起來跟傅華打招呼的。

董昇解釋說：「是律所的一個當事人，我們在談點事。」

傅華心知律所的當事人不會這麼晚還在酒吧裏談什麼事，這個女人肯定是董昇今晚的女伴，他並無心去干涉什麼，便說：「哦，打爛的這些東西需要多少錢，我賠給你啊。」

董昇笑笑說：「傅主任，你這樣就見外了，我原來是沒認出你來，走吧，趕緊送你的朋友回去吧。」

傅華回頭看了看還在不停掙扎的章鳳，連忙笑說：「那改日我請你，給你道歉，今天先走了。」

董昇說：「別當回事情了，趕緊走吧。」

傅華和李強就帶著章鳳出了酒吧。傅華將章鳳放了下來，打開車門將章鳳往裏塞。章鳳不甘就範，還要掙扎著往酒吧裏走。

傅華大叫一聲：「章鳳，你要幹什麼？」

章鳳叫道：「要你管，放開我。」

傅華自然不能放開章鳳，使勁的把她往車裡推，章鳳沒傅華力氣大，眼見就要被推進車裏，她不甘心，張口就狠狠地咬了傅華的胳膊一下，傅華受痛不過，鬆開了章鳳，章鳳起身就往酒吧裏跑。

傅華火了，伸手一把拽住了章鳳，另一隻手順手狠狠的給了她一耳光，叫道：「別鬧啦，你醒醒酒吧。」

章鳳被打得呆了一下，旋即又叫嚷著伸手去抓傅華，傅華早有防備，使勁地按住章鳳。見章鳳還是不停的叫嚷掙扎，正好注意到車上還有大半瓶礦泉水，就叫在一旁手足無措的李強道：「李強，你把礦泉水打開，給我澆到她頭上。」

李強慌亂地說：「這好嗎？」

傅華心中暗罵這個南方男人膽小，心中氣極，大叫道：「我叫你做就做，快點。」

李強手哆嗦著打開了礦泉水，就要往章鳳頭上澆。章鳳杏眼一瞪，大叫：「李強，你敢。」

李強被嚇得手一抖，礦泉水瓶一下子掉到了地上。傅華越發火大，就將章鳳放倒在地，一手按住她，一手抓起礦泉水瓶，將瓶中的水全部澆到了章鳳臉上。

這一幕幸好發生在深夜，並沒有人注意，不然看在不知情的人的眼中，一定會以爲傅華這個大男人在欺負一個弱質女流呢。

水澆到章鳳臉上，讓她多少有些清醒了，她躺在地上不再掙扎，說了一聲：「你們這些臭男人就會欺負我。」兩行眼淚就流了下來。

傅華鬆開手，李強過來拉起了章鳳，章鳳沒再掙扎，傅華打開車門，章鳳默默的坐到了車裏，傅華便趕緊關上車門，發動車子，將章鳳送到了她住的地方。

章鳳下車後，就往裏面走，傅華伸手拉住了章鳳，問道：「你沒事了吧？」

章鳳一把甩開傅華的手，走進了樓道裏，傅華示意李強跟著上去。過了一會兒，李強下來，說章鳳已經進了家門，傅華這才放心了。

李強上車後，傅華看了看他，問道：「你今天晚上叫我來，不是單純找不到路吧？」

傅華慢慢回過味來，章鳳今晚的表現，充分說明李強根本就無法一個人帶她回家，李強找自己來，只是想要借助自己的力量帶回章鳳。而章鳳這個樣子，似乎也不是喝醉一兩次而已。

李強乾笑了一下，說：「傅主任猜到了，我想只有傅主任能幫這個忙。別介意啊。」

傅華說：「衝著章旻，這個忙我也應該幫的。對了，這個章鳳怎麼回事啊？」

李強說：「具體情形我也不是太清楚，只是章董走的時候交代過我，說章鳳發生過一些不開心的事情，把她叫到北京來，也是想給她換個環境，要我在北京多留意，多幫忙她。」

敢情章旻把章鳳放到這裏，是爲了給她療傷的，難怪一開始就感覺有些彆扭。傅華心裏有些不舒服，這把海川大廈放到了什麼位置上了？根本就沒把海川大廈當回事情。這個章旻也真是的。

傅華沒再說什麼，將李強送回了駐京辦，這一晚他已經被折騰得筋疲力盡，回到家倒頭就睡。

政治智慧

領導們説話都很有技巧的，
即使幫人打招呼，也會強調依法辦事、公正公開這一套，
具體要怎麼領會，就要看下屬們的政治智慧了。
周然自覺自己的政治智慧並不低，看來這一次這塊地是要放給海雯置業了。

早上傅華睜開眼睛的時候，就看到趙婷正虎視眈眈的看著自己，便笑笑說：「怎麼了，這麼捨不得我嗎？需要眼睛一眨不眨的看著我？」

趙婷瞪了傅華一眼，說：「老實交代，你昨晚幹什麼去了？」

傅華笑說：「哎，說起來夠上火的，半夜被人叫去把一個酒鬼送回家。」

趙婷一把抓起傅華的胳膊，指著上面的牙印說道：「你可不要告訴我，這也是酒鬼咬的。」

傅華苦笑了一下，說：「你別說，還真是，不過，是一個女酒鬼，當時就讓我給了她一巴掌，我猜現在她臉上肯定有一個大大的巴掌印，要不要今天帶你去看看？」

趙婷愣了一下，說：「還真有個女酒鬼啊？」

傅華笑著說：「是章旻的堂姐，來做海川大廈總經理的，這個人怪怪的，不願意接觸人，所以就沒介紹給你認識。現在看來，還真是要領你見見她了。」

趙婷說：「爲什麼非要見她？」

傅華笑說：「要不有一個吃醋鬼會不放心的。」

趙婷伸手扭住了傅華的耳朵，笑罵道：「你這傢伙越來越放肆了，竟然敢罵我吃醋鬼。」

傅華趕忙告饒說：「好了，好了，老婆，下次不敢了。」

趙婷手上正要加把勁，這時傅華的手機響了起來，傅華指指手機，說：「我先接電話，你再來扭我好嗎？」

趙婷說：「這一次饒了你。」

傅華笑著說：「謝謝，搞不好是昨晚那個酒鬼打來道歉的。」

傅華拿過手機來，一看卻是董昇的號碼，心說這傢伙大概是爲了昨晚的事情心虛吧，就接通了：「你好，董律師。」

「你好，傅主任。在哪裡啊？」

「剛起床，在家呢。」

「哦，傅主任，昨晚的事情，我需要跟你再解釋一下。」

傅華笑笑說：「我瞭解，你跟當事人談事情嘛，沒什麼啊。」

董昇解釋說：「確實是這樣，不過，那種情形很容易引人誤會，所以還請傅主任不要隨便跟人說，可以嗎？」

「可以啊，你放心，我不是隨便八卦別人的人。」

董昇又說：「尤其是跟你們家那口子不能說啊。」

傅華看了看身旁的趙婷，見趙婷正一副若無其事的樣子，估計她沒聽到，便笑說：

「好，我知道了。」

董昇嘿嘿笑了起來，有點找到了同盟的味道，說：「謝謝了。伍奕最近要來北京，到時候我們聚一下。」

「好哇，他的事情辦得怎麼樣了？」

董昇笑說：「聽說香港那邊辦得挺順利的，已經收購了一家公司七成的股份，下一步就是怎麼將山祥礦業置於上市公司之中了。」

傅華驚訝地說：「這麼快？沒想到會這麼迅速。」

「是啊，香港號稱是世界經濟最自由的地方，只要你符合相關的法律規定，什麼事情都會辦得很迅速的。更何況，這一次伍奕找的人很對路，江宇在香港證券界是有快刀之稱的。反倒是下一步關於外資收購山祥礦業的審批會慢一點，有一些必要的審批程序要走。」

傅華笑說：「那就要看董律師的了。」

董昇說：「別光看我一個人的，大家要共同努力，才會做好這件事情。」

「董律師才是關鍵人物，我等著聽你的好消息了。」

董昇笑笑說：「我這邊你放心，我是受委託辦事，只要錢拿到了，沒有不盡力的。好啦，等伍奕來了，我們一定要一起聚一下啊。就這樣吧。」

「好的，再見。」

董昇掛電話前還是不太放心，又叮囑說：「那件事情千萬別亂說啊，我可受不了某人再跟我鬧了。」

傅華笑說：「好啦，我不會亂講的。」

董昇掛了電話，趙婷看了看傅華，問道：「老董讓你幫他隱瞞什麼啊？」

傅華笑笑說：「誒，這可是你不對啊，怎麼偷聽我的電話啊？」

趙婷嘿嘿笑說：「我以爲是那個女醉鬼的電話，就想聽聽你說些什麼。」

傅華笑說：「你這麼一說，我倒覺得該給那個女醉鬼打個電話問問情況，我昨晚那一巴掌打得很重，不知道她的臉是不是腫了？」

說著，傅華就要打電話給章鳳，想看看章鳳的情況。趙婷卻一把將他的手機搶了過去，看著他說：「你以爲我傻瓜啊，快說，究竟老董是怎麼回事？」

傅華見躲閃不過去了，便說：「好啦，好啦，我跟你說。昨晚我在酒吧碰到了老董，他正和當事人喝酒，看見我就有些尷尬，他不想讓這件事情叫徐筠知道，所以打電話來跟我解釋，其他的就是跟山祥礦業有關的事，你在旁邊都聽到了。現在都說給你聽了，你可別跟徐筠說。」

傅華技巧地隱瞞了跟老董在一起的是一個女人，而且兩人互動親密這一點，他不想告訴趙婷，是因爲趙婷實在不是一個能保住秘密的人，而且個性仗義，說不定聽了之後反而會主動告知徐筠。

趙婷看了看傅華，說道：「真的嗎？」

傅華笑笑說：「好啦，把電話給我，我打個電話過去問一下，別出了什麼事情，我跟章旻不好交代。」

趙婷便把電話遞還給傅華，傅華撥通了章鳳的手機，響了一會兒，手機接通了，傅華就問道：「你酒醒了嗎？」

章鳳冷冷地說：「醒了。」

傅華說：「對不起啊，我昨晚可能下手太重了。」

章鳳冷笑一聲，說：「行了，別假仁假義的了，我不是泥捏的，你那一巴掌還打不壞。你是不是覺得這麼裝模作樣的跟我道一下歉，然後我就應該感激的跟你說聲謝謝啊？對不起，我怕是不能滿足你的虛榮心了。」

傅華心裏彆扭了一下，心說這個女人還真是不知好歹，便冷冷地說：

「我最討厭那種自作聰明、自以爲是的人，其實我真的不覺得你聰明，相反，我還覺得你傻的可憐。」

章鳳愣了一下，旋即叫道：「喂，傅華，你夠了吧，別給你三分顏色你就開染坊。」

傳華笑笑說：「我說錯了嗎？章鳳，你就是一個傻瓜，我不知道你究竟發生了什麼事情，可是我知道，一個人想要靠作踐自己讓自己不痛苦，是根本不可能的，那樣只會越來越痛苦。好了，其實說這些可能你也聽不懂的。」

章鳳越發火大，叫道：「傅華，你算什麼東西啊，你憑什麼來教訓我？」

傅華冷冷說道：「你不用這麼兇，越兇越說明你沒理。你這個樣子給誰看啊？不是關心你的人誰願意搭理你啊？說實話，你冷得像冰一樣，如果不是看在章旻的面子上，我連話都懶得跟你講。」

章鳳叫了起來：「傅華，你混蛋你。」

傅華笑了，說：「窮兇極惡了吧，你除了這麼叫嚷，還能做點什麼？好啦，我一會兒還要上班，不跟你費這種沒用的口舌了。」

傅華掛了電話，一旁的趙婷看著他，說道：「老公，別對人家女孩子這麼兇，你這樣罵她，出了什麼事情可就不好了。」

傅華說：「這種女人不值得可憐。」

趙婷說：「也許她真有什麼傷心事，你這麼罵她，不怕她性子一急，真的做什麼傻事嗎？」

傅華愣了一下，有些擔心的說：「也是，我被這個女人氣糊塗了，你這麼一說，還真有這種可能啊。怎麼辦呢？」

趙婷身爲女人，自然對女人有一種同情感，不滿地說：「你們這些男人就是無情，人家已經傷心到這種程度了，你還好意思罵她。」

傅華說：「好啦，我讓李強過去看看她總行了吧。」

傅華就打電話給李強，讓李強去章鳳住的地方看看，免得章鳳做出什麼傻事。李強答應了下來，傅華又叮囑他，看完後給自己來個電話。

趙婷這才放心了，簡單的做了早餐給傅華吃了，傅華就去駐京辦上班了。

傅華一到達駐京辦，李強的電話就打了過來，說已經去看了章鳳。

「章鳳的神情看上去倒沒有什麼，不過臉上五道指痕清清楚楚，看來昨晚傅主任你那一巴掌打得還真是不輕。」

傅華不好意思說：「我當時也是有些氣急了。我還是生平第一次打女人呢。好啦，打在臉上的傷容易好，可章鳳不能再這個樣子下去了，你是不是跟你們的章董說說這件事情，章鳳真要有個什麼閃失，你我都擔不起的。」

李強說：「對，我馬上打電話給章董，跟他彙報一下這件事情。」

臨近中午，章旻打電話來，傅華接了，有些不高興地說道：「章董啊，你這件事情做得可是有些不夠意思啊。」

章旻笑笑說：「不好意思，傅主任，我這也是受家族中老一輩的拜託，不得不爲之。他們原本想，我堂姐換個地方會好一點，沒想到會變成這個樣子。不過你放心，我堂姐這個人工作能力還是有的，海川大廈的裝修工程，她一定會安排好的。」

傅華苦笑了一下，說：「工作方面我不懷疑她，再說還有李強在，應該出不了大問題。問題是你堂姐別在別的方面出狀況，真有什麼事的話，我可是擔待不起的。」

章旻說：「這個你不需要擔心了，我剛才跟她做過溝通，問她是不是不想待在北京，如果她不想，我可以將她調到別的地方，她說既然已經來了，就留在這裏吧。我堂姐跟我保證了，不會再有類似狀況了。」

傅華急說：「章董啊，你怎麼能就這麼相信你堂姐呢？別她跟你保證的好好地，轉過頭來還是外甥打燈籠，照舊。我可跟你說，再有昨晚這種狀況，我可不管了。」

章旻說：「你先別急，你放心，不會再有類似的狀況了，我堂姐這個人還是能說到做到的。」

傅華只好說：「希望吧，對了，章鳳沒在你面前罵我嗎？李強說我打她那一巴掌實在不輕。」

章旻說：「她倒沒埋怨這個，可在我面前埋怨你說話惡毒，不給她留一點情面。」

傅華笑了，說：「我那是說氣話，好啦，她如果真的計較，只要她一切正常，回頭我跟她道歉。」

章旻笑笑說：「那沒必要了，我倒覺得罵罵她也好，讓她醒醒腦子。不過，也就是你敢說這麼重的話，我們家的人都沒有人敢這麼說她。」

傅華說：「哎，我那是被她氣的，你以爲我想說？哎，她到底是出了什麼事情啊？」

章旻說：「說來她也很可憐，跟她相戀三年的男朋友在他們婚及論嫁的時候移情別戀了，一個女人哪裡受得了這個，當時她整個人都變了。其實她原本是一個很熱情的人，我想她之所以變得這麼冷漠，也是一種自我保護吧。」

傅華說：「哦，既然是這樣，工作中我會多讓著她一點的。」

章旻說：「這倒不用，我堂姐是公私分明的一個人，你讓著她，她反而不舒服。」

跟章旻通過電話之後，接連幾天，傅華都沒有去工地，他怕去了工地，見到章鳳臉上的指痕會很尷尬。

章鳳卻一點都不體諒傅華的心情，見傅華連續幾天都不去工地，就打了電話過來：

「喂，傅華，你什麼意思啊，海川大廈你不管了是嗎？別忘了，你們駐京辦還有一層辦公室也需要裝修的。」

傅華說：「好啦，我知道了，我這幾天事情多，沒辦法過來。」

章鳳冷笑一聲，說：「芝麻綠豆大的小官也能忙成這樣？別裝了，趕緊過來，我有些你們駐京辦部分的裝修事宜要跟你商量。」

傅華心裏也有點怕章鳳，便說：「好好，我馬上就過去。」

到了海川大廈的工地，傅華找到了章鳳，問道：「有什麼事情嗎？」

章鳳板著臉，領著傅華到了駐京辦分配到的樓層，說：「你們駐京辦跟酒店之間的連接部分，我覺得應該做些修改。」

章鳳就開始談修改的方案，傅華偷眼去看章鳳的臉頰，雖然已經過去幾天了，章鳳也用粉底做了些遮掩，可那天傅華打的指痕還是依稀可見。

章鳳察覺傅華在看她，便說道：「在看你的爪印是吧？」

傅華覺得歉然，乾笑了一聲，說：「我那天下手真是有點重了，真是抱歉。」

章鳳冷冷地說：「不用抱歉了，我想我咬你那一口也不會輕，我們算兩抵了。」

傅華笑了起來，說：「是啊，我老婆看到你的牙印，還查問我半天，究竟做了什麼了呢。」

章鳳聽了，忍不住撲哧一聲笑了，這一笑，臉上的寒冰化去，顯出了與她年齡相稱的青春靚麗。

傅華笑笑說：「原來章總也會笑啊。」

章鳳再次把臉繃緊了，說：「別說那麼多廢話了，我們還是談正事要緊。」接著再次開始談起裝修方案的修改細節，傅華感覺比原有方案更好些，便贊同了。

談完之後，傅華就和章鳳告別，準備回駐京辦。傅華轉身已經走出了一段距離，章鳳在身後喊了一聲：「傅主任。」

傅華回過頭來問道：「還有什麼事情嗎？」

章鳳說：「那個，你如果不好跟你老婆解釋，我可以跟她解釋一下。」

傅華笑說：「沒事，我老婆還蠻信任我的。不過，我倒是覺得你們可以互相認識一下，你在北京也沒什麼朋友，認識了我老婆，也算多了一個朋友。」

傅華是想，像章鳳這樣受過情傷的女子，如果老是封閉在自己的世界裏，不但不會療好傷，說不定反而會更壞。還是給她一個有朋友相處的環境，也許她會在朋友圈子的幫助下，走出感情的困境。

章鳳沒想到傅華會這麼說，愣了一下，說：「這個嘛？」

傅華看章鳳的語氣已經不是那麼冷淡，知道她有些心動了，便笑笑說：「我老婆那個人很好相處的。要不，我叫她來，中午一起吃午飯？」

章鳳想了想說：「好吧，我們今後可能要長期合作，認識一下你的家人也是應該

的。」

看來章鳳已經慢慢卸下心防了，傅華暗自鬆了口氣，他覺得可以不用擔心章鳳以後再鬧什麼狀況了，便高興地說：「那我馬上打電話給她。」

章鳳冷冷地看了傅華一眼，說道：「吃頓飯而已，你有必要這麼高興嗎？」

傅華笑笑說：「當然有必要了，我感覺你開始慢慢要融入到北京這個圈子裏來了，這是好事啊。」

章鳳冷笑一聲說：「那可不一定，我不一定就會跟你老婆做朋友的。」

傅華已經習慣章鳳這種說話風格，笑笑說：「不管怎麼樣，認識一下也很不錯啊。」

傅華就打電話給趙婷，讓她過來一起吃飯。趙婷正在家閒著無聊，便高興地答應了下來。

雙方見面介紹之後，趙婷看了看章鳳，笑著說：「姐姐臉上還真有傅華的指痕啊，這傢伙真是差勁，怎麼對女人下這麼重的手？」

傅華在一旁怕章鳳難堪，便說：「喂，小婷，你別哪壺不開提哪壺好不好？」

趙婷說：「我說的不對嗎？你看，都這麼些天了還沒消呢。」

章鳳笑說：「好了，這件事情怨我，我當時喝多了，話說我也狠狠的咬了他一口，妹妹沒心疼吧？」

趙婷呵呵笑了，說：「男人沒那麼嬌貴的，管他呢。」

章鳳似乎很喜歡趙婷的直爽，在傅華面前完全變了一個模樣，說起話來都是滿面帶笑，這讓傅華看得有些傻眼，心說女人還真是多變的動物。

章鳳和趙婷的家世背景有點相似，談起話來，自然有很多共同感興趣的話題，趙婷又隱約感覺章鳳有一段傷心事，她本來就是一個很仗義的人，談話間，便有刻意維護章鳳的意思，這頓飯吃下來，兩個人竟然十分的投緣，雖然還沒到好朋友的程度，可是相互之間已經是十分熱情了。

吃完飯，傅華和章鳳各自有工作，就和趙婷分手，各奔東西了。

晚上，傅華回到家裏，吃飯的時候，便問趙婷：「小婷，我看你今天跟章鳳相處得不錯啊。」

「我覺得她挺可憐的，孤身一個女子在一個陌生的城市，感情上還受過傷害。」

「既然你覺得她可憐，有時間多找她出來玩玩，買買衣服逛逛街之類的，讓她多出來透透氣，也許心情會好許多。」

趙婷笑說：「行啊，反正我們交換了電話，我會多跟她聯絡的。」

自此，趙婷和章鳳成了朋友，兩人常會相約出去購物什麼的，通過趙婷的仲介，章鳳和鄭莉、徐筠很快也成了朋友，一幫年紀相仿的女人，很自然就形成了一個玩鬧的小圈子。

海川。

經過一段時間的考察，吳雯看上了一個地塊，有消息說，國土局已經決定將這塊地放出來招標，這是一個熱門地段，吳雯相信肯定會有很多人想要參與投標，她決定把這個事情跟徐正談一談，看看徐正究竟是一個什麼態度。

這天恰好徐正來吃飯，離開的時候，吳雯出來送他。

徐正上車時，吳雯便說：「徐市長，我記得那天您跟我說，如果有什麼事情可以找您？」

徐正笑笑說：「對啊，怎麼，你有事情需要我幫忙？」

吳雯點了點頭，說：「對啊，您什麼時間方便，我去找您談談。」

徐正問了問秘書劉超，確定自己第二天上午有空，就說：「明天上午你到我辦公室來吧。」

吳雯笑笑說：「那好，我明天上午去找您。」

第二天上午，吳雯精心打扮了一番，她很清楚自己的魅力，一個漂亮的女人，本身就是一件攻關的良好武器。打扮停當，吳雯又準備好一張銀行卡，她不知道徐正想從自己這裏得到什麼，多準備一點東西，以確保此行馬到成功。

因爲王妍那件事情，吳雯其實是很受傷的，她是一個姿色足以自傲的女人，但讓她自傲的，卻並不僅僅是她的美麗，實際上，她認爲自己的頭腦也不輸於姿色，而不是一個只有容貌沒有大腦的女人。正因爲如此，她才不甘雌伏，回海川經營起房產公司來。

當初她以爲自己一出馬肯定就能賺到盤滿缽滿，以爲找到王妍就可以走一條捷徑，哪知道聰明反被聰明誤，陰差陽錯之間，不但被騙了一百萬，還什麼事情都沒做成。這讓她在乾爹面前灰頭土臉，幾乎抬不起頭來。

因此，這一次吳雯找徐正，就做了十分充足的準備，她容不得再一次的失敗，否則乾爹就該懷疑她的辦事能力了。

劉超將吳雯領進了徐正的辦公室，徐正正坐著批示文件，見吳雯進來，連忙站了起來，將吳雯迎到沙發那裏坐下，說：

「吳總一來我的辦公室，就有蓬華生輝的感覺啊。」

吳雯嫵媚的一笑，說：「徐市長就會拿我開玩笑。」

徐正笑笑說：「那裏，吳總確實是很漂亮嘛。說吧，你來找我什麼事情啊？」

吳雯說：「上一次您跟我說的話，我回去想了想覺得很有道理，海雯置業原本是想在海川有所作爲的，我卻因爲王妍騙我，受了點小小挫折，就止步不前，真是有點因噎廢食了。徐市長的話，讓我再度思考海雯置業的未來，我覺得我還是能夠爲海川房地產發展盡一點綿薄之力的。」

徐正點了點頭，說：「對啊，王妍的事情是你走了彎路，不是因爲我們海川投資環境不好，你也是海川人，理應爲海川發展盡一份力的。」

「對，徐市長說的很對，這一次我又看好了一塊地，聽說國土局準備拿出來招標，我很想把這塊地作爲我們海雯置業發展的第一個項目，只是不知道有沒有這個機會。」

「那你把情況跟我說說。」

吳雯就把她知道的那塊地的情形跟徐正說了。她現在在海川已經今非昔比，在海川的消息管道很多，甚至有國土局的人士是西嶺賓館的座上賓，因此她瞭解到的情況十分準確。

徐正聽完，看了看吳雯，說：「吳總，你的消息很靈通嘛，是，這塊地是要放出來開發，只是你的資金實力夠嗎？」

吳雯點了點頭，說：「我的資金實力是夠了，只是海川有我這樣資金實力的公司不少，我的公司又是新設立不久，怕是拿不到手啊。」

徐正說：「那你就去參加投標吧。」

吳雯看了看徐正，問：「徐市長，您是說我可以參加？」

徐正笑笑說：「放心吧，我讓你去你就去，你不會失望的。」

「不會讓徐市長您難做吧？」

「難做？不會的。我們私下裏說吧，雖然國土局搞土地出讓，看上去都在走投標這一套，似乎很公平，實際上，很多房產公司私下都是有默契的，有意願的公司爲了能夠得標，都是事先找人一起圍標。這些行爲雖然不合法，可是臺面上的程序是合規合法的，被查處的可能性不大，也很少能夠被找到證據證明他們不合法，國土局部門對此基本上都是睜一隻眼閉一隻眼的，他們只要土地賣出去就好了。甚至一些房產公司跟國土局內部的人相互之間還存在一些聯繫，所以一塊地放出來，基本上哪家公司會拿到都是定局了。」

吳雯擔心說：「那我參與這塊地，豈不是攪了別人的好事？」

徐正笑說：「不會的，我想我如果打了招呼，他們是會禮讓的。不過，這一次我會幫你打招呼，是因爲你受過王妍的騙，一個公司剛剛起步就受這麼大的挫折，對你的發展是很不利的，而且，一個女人想做好房地產公司並不容易。大家都是想搞好海川，我這個做市長的給你點幫助也是應該的。以後相信你發展了這個項目，有了一定的基礎，就要完全靠你自己了。」

吳雯高興地說：「那謝謝徐市長了。」

徐正說：「不用這麼客氣了。」

這時，吳雯將準備好的銀行卡放到了徐正面前。徐正看了看卡，又看了看吳雯，他心裏有些警覺，這個女人不是來給自己設陷阱的吧？

聯想到她跟孫永之間的聯繫，這種感覺越發明顯。可是他已經觀察吳雯一段時間了，似乎沒見過孫永跟她之間有什麼明顯的聯繫。孫永只是在西嶺賓館重新開幕的時候露過一次面，再沒有出現在西嶺賓館過，如果說孫永真的跟吳雯有聯繫，那他們也太會裝了。

不過也不能不小心提防，孫永那傢伙爲了打倒政治對手，是無所不用其極的。

想到這裏，徐正嚴肅了起來，說：「你這是幹什麼？」

吳雯笑說：「徐市長，這個規矩我懂的。一點心意，你就收下吧。」

徐正搖了搖頭，說：「現在人是怎麼了，難道除了錢，人和人之間就沒有別的了嗎？動不動就拿錢來說事。」

吳雯立刻說：「我知道這錢不足以感謝您對我的幫助，可它是我的一番心意，請不要嫌棄。」

徐正說：「你如果真的要把錢留下，那對不起，這件事情我不能幫你了。」

吳雯愣了一下，她原本以爲徐正說不要只是一種客套，只要她堅持，徐正是一定會收下的，沒想到徐正還真的是不要。

吳雯看了看徐正，見徐正臉色嚴肅，看來他不要錢是認真的，難道他覬覦的是自己的美色？

吳雯心裏彆扭了一下，雖然她曾經是做那種行業的，可是她如果心裏不願意，也不想讓男人隨便碰自己的。就算是出賣，也要是自己願意賣的。這些臭男人，爲什麼就不能不用下半身思考啊？

吳雯心裏苦笑了一下，上天賦予了她美麗的容顏，誠然在很多時候讓她得到了別人無法得到的便利，可是也給她造成很多別人不會遇到的麻煩。她算是真的理解所謂的「紅顏薄命」是什麼意思了。

吳雯把銀行卡收了起來，笑笑說道：「那是我以小人之心度君子之腹了。」

徐正臉上這才有了笑意，說：「我是真心想要幫忙，如果收了錢，事情就變味了。」

吳雯點了點頭，說：「我明白。那我就不打攪徐市長辦公了。」

吳雯心中對這件事情開始保持一種靜觀其變的態度，她並沒有主動獻身的想法，既然已經脫離那個行業，她就不想再做這樣的事情了。徐正如果真的對自己有那種歪念，他一定會表示出來，那個時候，自己就算是豁上這個項目不做，也是要拒絕的。

想到這裏，她心中有一絲悲哀的感覺，爲什麼自己想做一點事情就這麼難呢？

徐正注意到吳雯神色間的那一絲失望，他久歷官場，自然知道吳雯心裏在想什麼，她一定是以爲自己不肯收銀行卡，是不想真心幫忙。

有時候，世事就是這麼好笑，人們往往以爲收了禮的人就肯定會盡心盡力的幫忙，拒絕收禮也就是拒絕提供幫助。這大概也是現在普遍的一種心態吧。人們都厭惡腐敗，可是又都想通過腐敗來謀取好處。

徐正心裏暗自搖了搖頭，其實他是真心要幫助這個美麗的女人的，便笑笑說：「也好，你先回去吧，這個項目很快就會被放出來，你回去準備好資料吧。」

「好的。」

吳雯離開後，徐正坐回到辦公桌前，撥通了國土局局長周然的電話。

周然接通電話，問道：「您好徐市長，找我有什麼事情嗎？」

徐正就說了吳雯談到的那個地塊，問說：「老周，你們那個地塊準備什麼時間放出來啊？」

周然說：「馬上就要放出來了，怎麼，徐市長有什麼指示嗎？」

徐正說：「沒什麼指示，只是剛才海雯置業的吳雯吳總來我辦公室，談起了這塊地，她有興趣想參與，我就想說幫她打聽一下這塊地的具體情形。哦，馬上就要放出來了，不錯。」

周然知道吳雯，他也到西嶺賓館做客過，徐正這麼含含糊糊的說這一番話，讓周然有些不明所以，徐正這是什麼意思？想幫吳雯打招呼拿下這塊地？還是只是隨口問問？不過，通常領導的話都含義很深，隨口問問這種可能性不大。

周然立刻說：「對，已經完成了工作方案和招標文件的前期工作，馬上就要發布招標公告了，您跟吳總說一聲，如果她感興趣，就來買招標文件吧。」

徐正笑笑說：「好的，我會跟她說的。對了，老周，這一次招標一定要做到合法公正啊。」

周然說：「您放心，我們國土局一定會按照法規的規定，合法公平的處理好這次的招標。」

「好的，那就這樣吧。」

徐正掛斷了周然的電話，又撥了吳雯的電話，說：「吳總，我剛剛跟國土局周局長通過電話了，他說馬上就要發布招標公告了，這幾天你多注意一下國土局的動向。」

吳雯沒想到徐正動作這麼快，心中很感激，便說：「太謝謝你了，徐市長。」

徐正笑笑說：「沒事的，不用這麼客氣。」

那一邊周然掛了電話之後，就開始琢磨徐正的話，雖然徐正沒有明確說要幫海雯置業拿下這塊地，可是打招呼的意圖十分明顯。

領導們說話都很有技巧的，即使幫人打招呼，也會強調依法辦事、公正公開這一套，具體要怎麼領會，就要看下屬們的政治智慧了。

周然自覺自己的政治智慧並不低，看來這一次這塊地是要放給海雯置業了。

原本副市長秦屯已經跟周然打過招呼，想拿這塊地，可是徐正既然插手了，周然只能先滿足徐正的要求。一來徐正是他的頂頭上司，直接管著他；二來，他也對徐正做事的風格十分清楚，徐正雷厲風行，往往說到就要做到。

同時，徐正的度量不大，誰讓他不高興了，他一定會想辦法報復。前段時間傅華就是一個很好的例子，當時的順達酒店土地使用權被查，就是因爲傅華惹到了徐正。

周然心裏有些煩躁，這還需要跟秦屯解釋一下，否則秦屯一定會遷怒自己，想辦法給自己小鞋穿。自己這個局長夾在他們這些領導之間，就像一個受氣的小媳婦，還真是難做。

周然撥通了秦屯的電話，笑說：「秦副市長，您有時間嗎？」

「什麼事情啊？」

「您朋友想要的那塊地，現在有些困難了，我想當面跟您解釋一下。」

「我現在不在辦公室，究竟怎麼回事？誰插手這件事情了嗎？」

「對，徐正市長剛剛打電話過來，說這次招標一定要公開公正合法的進行，您看是不是讓您的朋友這一次就不要參與了。」

周然說的很技巧，甚至連徐正幫哪家公司打招呼都沒提，可是秦屯馬上就聽明白了他真正的含義，他跟下屬打招呼也會強調這一套的。

到嘴裏的肥肉要吐出去，讓秦屯心裏十分的不舒服，可是他不敢挑戰徐正的權威，他也不能衝著周然發火，他明白周然也很難做，便強笑笑說：

「好啦，老周，我知道了，就按照你說的辦吧。」

「謝謝秦副市長諒解。」

秦屯輕笑說：「我不諒解行嗎？」

周然乾笑了一下，秦屯就掛了電話。

隔兩天，國土局土地招標的公告發佈了，吳雯就去購買了招標文件，並在公告規定的時間內辦理了投標申請，並繳納了投標保證金。

國土局審查了海雯置業的投標資格，確認海雯置業的開發條件和誠信記錄符合招標要求，核准了他們的投標資格，通知其參加投標活動，吳雯便將精心準備好的投標書投

入了標箱。

這段期間，吳雯心中一直在等著徐正向她提出什麼要求來，因為在這個事態沒有明朗的時刻，是最適合提出要求讓對方履行的時機，一旦事態明朗後再提出，就失去了能夠要脅對方的有利地位，可是徐正一直沒有什麼動靜，甚至也沒有打電話來，這種安靜讓吳雯心中沒有了底氣，她也不知道自己這一次究竟會不會得標了。

富貴險中求

伍奕說：

「老弟啊，我知道你這是為我好，謝謝你。不過，你要知道一點，富貴險中求，我做的事情哪一項不是在冒險？我委託江宇幫我買空殼公司，根本上沒簽什麼合同，憑的就是一個信任。」

深夜，手機鈴聲尖銳響起，吳雯被嚇得全身一個激靈，趕忙把手機抓了起來，一看是乾爹的電話，立刻接通了。

「你睡了嗎？」乾爹聲音澀澀幽幽的，猶如從遙遠的地底傳來的。

吳雯看看時間，是凌晨一點，苦笑了一下，說：「乾爹，現在是半夜一點，誰不睡覺啊。」

乾爹笑了一下，說：「不好意思，小雯，我心裏悶得慌，很想找人說說話，就沒管時間給你打電話了。」

吳雯這時清醒了些，便說：「您想我了吧，要不您也別老在北京待著，到海川這個小地方走走，來看看我吧。」

乾爹笑笑說：「過些日子吧，我現在這邊有事。」

「那我回北京陪您兩天？」

「算了，你現在不是已經開始要做投標的事情了嗎？你還是待在海川，把那塊地拿到手才對。」

吳雯說：「哎，乾爹，這一次我心中沒底，雖然徐正說要幫我打招呼，可是我送錢他沒要，他也沒跟我提什麼要求，我還真不知道這個項目能不能拿下來呢。」

乾爹笑笑說：「你不要心急，乾爹這些年來總結了一個經驗，那就是一件事情，只要你能做過的努力都做過了，結果如何就只能聽天由命了。」

吳雯笑了，說：「乾爹啊，這可不像您的風格，我看您做事向來主動，怎麼也會有聽天由命這樣消極的想法？」

「小雯哪，你還年輕，還不明白這世界究竟是怎麼回事，等你到了乾爹這個年紀你就會知道，這世界上很多事都可以改變，唯獨命運無法改變。古往今來，命運的車輪輾碎了多少英雄豪傑。項羽和劉邦你知道吧，劉邦就是一個小人，做事毫不講究，爲了逃命，兒女都可以拋棄，可這樣的小人偏偏打勝了大英雄項羽，這是爲什麼，這就是因爲命。」

吳雯笑笑說：「乾爹，你怎麼就不說說那些戰勝命運的人呢？」

乾爹說：「誰啊？誰戰勝過命運啊？」

「比方說那個要扼住命運咽喉的貝多芬了。」

乾爹呵呵笑了起來，說：「你聽過貝多芬的命運交響曲嗎？」

吳雯說：「聽過啊，這是我最喜歡的交響曲了。」

「那說說你的感受。」

吳雯笑笑說：「命運交響曲第一樂章展示了一幅鬥爭的場面，音樂象徵著人民的力量如洪流般，以排山倒海之勢向黑暗勢力發起猛烈的衝擊。樂曲一開始出現的強有力、富有動感的四個音，也就是貝多芬稱爲『命運』敲門聲的音型，這就是主部主題。到了第二樂章，是一首優美的抒情詩，宏偉而又輝煌，同第一樂章形成了對比。它體現了人們的感情世界，戰鬥後的靜思同對美好理想的憧憬互相交錯，最後轉化爲堅定的決心。第三樂章在調性上，回到了動盪不安的情緒，像是艱苦的鬥爭還在繼續。規模宏大的第四樂章充滿光明和無比歡樂的情緒，是歡呼勝利的熱烈場面，具有排山倒海的氣勢，表現出人民終於獲得勝利的無比歡樂。」

乾爹笑說：「你倒是聽進去了，可是你知道這首曲子創作的背景嗎？」

「據說貝多芬開始構思並動筆寫這首曲子是在一八〇四年，那時，他已寫過『海利根遺書』，他的耳聾已完全失去治癒的希望。他熱戀的情人茱麗葉塔‧齊亞蒂伯爵小姐，也因爲門第原因離他而去，成了加倫堡伯爵夫人。一連串的精神打擊，使貝多芬處於死亡的邊緣。這算是貝多芬一生中最痛苦的時期，但也是他創作的一個高峰期。命運、田園、英雄等交響曲都是在這一時期創作的，每一部都是垂世之作，可以說給人們留下了一筆豐富的藝術遺產。」

乾爹說：「痛苦往往是一個藝術家的創作源泉，《了不起的蓋茨比》就是創作於作者未發跡之時，等他因此成名可以享受生活之後，就再也沒有力作問世。一樣的，如果不是有那麼多痛苦，貝多芬也不會達到他的創作高峰。在我看來，這就是命運給他的安排，他只不過是順從命運而已。我想比起創作這麼多好的曲子來說，他可能更想要的是耳朵被治好，更想要的是齊亞蒂伯爵小姐的愛情，可是這些他是得不到的。這就是他的命運，即使他創作再多再好的曲子也無法改變。所謂扼住命運的咽喉，只不過是發洩的屁話而已。」

「乾爹，我對您始終有一種感覺，我覺得雖然您現在可以呼風喚雨，可是你內心中始終是痛苦的。」

乾爹嘆了口氣，說：「我也是一個小角色，還談不上什麼呼風喚雨。再說，這世界上又有誰能得到真正的快樂呢？有嗎？」

吳雯笑了，說：「蘇格拉底說，這世界上只有兩種人，痛苦的人和快樂的豬，起碼在他看來，人在這世界上是不快樂的。」

乾爹笑笑說：「其實就是豬，也有痛苦的時候。」

吳雯說：「乾爹啊，有句話我早就想問您了，我見您老是一個人，爲什麼您不找個伴呢？也許有人陪您會快樂得多。」

「這就是命了。」乾爹的聲音忽然黯淡了下來，「命運跟我開了一個大大的玩笑。」

吳雯聽出了乾爹的痛苦，便小心翼翼地問道：「是怎麼回事啊？您能跟我說說嗎？」

乾爹痛苦地說：「這是很久遠的事情了，不說也罷。誒，我有一種感覺，徐正這個人信得過，你這一次的項目能拿到手的，你放心吧。」

吳雯聽出乾爹想要閃躲這個話題，越發好奇，便追問道：「乾爹，我很想知道您以前的事情，也許您說給我聽聽，心裏會舒暢些呢。」

「這是乾爹心頭的一塊瘡疤，要揭開是很痛的，也只有你，對別人，乾爹是怎麼都不會說的。那時候，乾爹還是個下鄉的知識青年。」

乾爹的眼前模糊了，彷彿回到了那個動盪的年代。

在下鄉的歲月裏，他和同一個知青點的一個女青年相愛並結了婚。後來知青返城，他因爲父親還沒被解放，遲遲不能返城，妻子受其牽連，也無法返城。他不甘心就這樣被黃土地掩埋他的一生，但更讓他痛苦的是妻子也受牽連，他深愛著妻子，認爲自己有責任保護她不受這種牽累。經過一番痛苦的思索和掙扎，他選擇了離婚。

當時妻子堅決不同意，她不願捨棄他，要留下來跟他一起同甘共苦。但是他鐵了心要幫妻子脫離苦海，甚至拿出刀來以自傷要脅妻子同意離婚。妻子無奈同意了，並在離婚後，很快就接到了返城通知書。

妻子離開他的那一晚，兩人徹夜未眠，妻子在那一夜海誓山盟的向他承諾，會在北京等他。他也以爲妻子一定會等他的。

一年半之後，他的父親終於被解放，他也接到了返城通知書，可是等他回到城裏，聽到他的妻子已經嫁給了別人，而且生了孩子。

那時候他才明白，所謂的愛情，只不過是一種情境下不由自主地一種感覺，這種感覺其實就像肥皂泡一樣，看上去美好，可是被現實一碰就會破掉。

聽到這裏，吳雯問道：「您恨她嗎？」

乾爹苦笑了一下，說：「聽到她結婚的消息當時，我很恨她，認爲她背叛了我，背叛了我們神聖的愛情。」

「您沒去問問是什麼原因嗎？」

「我當時氣瘋了，覺得自己爲她付出那麼多，她竟然背叛我，如果見到了她，我可能會做出不理智的事情，所以我就沒去找她。後來過了幾年，她知道我返城了，寄了一張照片給我，上面是她兒子的照片，我看了照片就明白了，那活脫就是我的翻版，原來她離開我的時候已經懷孕了，迫不得已才嫁給了別人。她並沒有責備我什麼，只是在照片的背後寫了一句話，如果不離婚，我們會是什麼樣子呢？」

說到這裏，乾爹抽泣了起來：「我對不起她啊，我在她最困難的時候根本就沒幫到她什麼，反而把她推到了困境之中，我還自以爲偉大高尚，我真是一個傻瓜啊。小雯哪，什麼是命運，這就是命運。」

吳雯的聲音也哽咽了起來，說：「乾爹，您別傷心了，這是時勢弄人。」

乾爹清了清喉嚨，說：「那之後，我就不相信還會有一個女人會像我妻子對我這麼好，所以我就再也沒結婚。」

「乾爹，很多事情已經過去了，您還是往前看吧。」

「事情是過去了，可是我覺得永遠虧欠了我的前妻，這種負罪感始終跟隨著我，我沒辦法。別說我了，小雯哪，你也別光顧著賺錢，自己的未來也要打算一下了。」

「未來，」吳雯苦笑了，「乾爹，您說我從哪裡尋找未來呢？」

乾爹笑笑說：「好男人還是有的。」

「是，好男人是有的，可是也要我遇得到，就算遇到了，也要人家喜歡我啊。乾爹，我看我們倆都是算命說的那種天煞孤星，找不到另一半的。」

乾爹笑說：「聽你這個意思，你是遇到了喜歡的人，是那個傅華嗎？」

吳雯笑了，「乾爹，被您猜到了。可惜我們認識的時候，他就知道我是做什麼的了，您說他會喜歡我嗎？也許這就是命運吧，它讓我遇到了看得上的人，卻不肯給我有發展的可能。」

「呵呵，命運，看來我們還真是一對天煞孤星。」

兩人都默然了，過了一會兒，乾爹掛了電話。

北京。傅華正在和高月、羅雨在辦公室閒談。經過這一段時間的相處，高月和羅雨之間漸生情愫，傅華也樂見兩人成為一對情侶。

門外，一輛悍馬停了下來，伍奕走進了駐京辦。

傅華笑著對高月說：「你舅舅來了。」高月立刻迎了出去。

伍奕問道：「高月，你們主任沒出去吧？」

傅華也走了出來，打招呼說：「伍董啊，好久不見了。」

伍奕笑笑說：「最近事情太多了，原本跟董律師早就說要上來，一直拖到現在。」

傅華將伍奕迎進了辦公室，高月給他們倒好了茶，就和羅雨出去了。

傅華在背後指指羅雨，問：「伍董，你看看這個小羅怎麼樣？」

伍奕看了看說：「小夥子不錯啊。」

傅華笑笑說：「你外甥女可能喜歡上人家了。」

伍奕笑說：「現在這個社會，相互喜歡就好了，我不管這些的。不過，如果這個小羅真成了我外甥女婿，老弟可要多栽培啊。」

傅華說：「小羅這人能力是有的，不過有伍董在，似乎還輪不到我來栽培吧？」

伍奕笑了，說：「他是你的兵，你不栽培他，誰能栽培他？」

「好了，不談他們了，咦，你香港的事搞定了嗎？」

伍奕點了點頭，「雖然費了些周折，可是還是搞定了，現在我也是一家香港上市公司的實際控股人啦。下一步就是反向收購山祥礦業了。」

「說到反向收購，我正好有點事情要跟你談一下，你現在委託董昇給你做向商務部報批的事情吧？」

「對啊，這還要感謝老弟給我介紹了這麼一條好路子呢。」

傅華看了看伍奕，說：「伍董，你覺得這個董律師可信嗎？」

「怎麼了，出了什麼事情嗎？」

傅華就講了那晚徐筠給董昇過生日的情形，說了自己對董昇的感覺，他認爲董昇雖然外表憨厚，可實際上反覆無常，不可信任。

伍奕聽完，呵呵笑了起來。

傅華愣了一下，說：「我說的是事實。」

伍奕笑說：「我不是不相信你，我想你對董昇的感覺是正確的，我早就覺得這個人不是外表看上去那麼實在。」

傅華越發不解，問道：「那你還把事情委託給他？」

伍奕笑笑說：「我又不是要嫁給他，要他那麼實在幹什麼？老弟啊，你想沒想過，實在的人能幫我做這些事情嗎？」

傅華笑了，說到底，董昇所做的都是在鑽法律空子的事情，這並不是一個老實厚道的人能做到的，也不是一個老實厚道的人會做的事情。

傅華說：「不管怎麼樣，對這種人你還是小心爲妙。」

伍奕說：「老弟啊，我知道你這是爲我好，謝謝你。不過，你要知道一點，富貴險中求，我做的事情哪一項不是在冒險？這裏就你我兩個人，我也不怕跟你說實話，我委託江宇幫我買空殼公司，根本上沒簽什麼合同，憑的就是一個信任，這是牽涉到幾千萬的生意，什麼書面的東西都沒有，冒險吧？」

傅華笑笑說：「伍董，你可真夠膽大的。」

伍奕說：「不是我膽子夠大，是江宇說，如果落到了書面上，可能就有操縱上市公司股票的嫌疑，書面上的東西就可能成爲罪證，當時他問我做不做，我說做，我就信你了！怎麼樣，現在事實證明江宇是可信的，我順利拿到了上市公司的控股權。這還不是最冒險的，你知道我的資金是怎麼到香港的嗎？」

傅華好奇問：「怎麼到香港的，轉過去就好了，這還有問題嗎？」

伍奕笑了，說：「老弟啊，你把事情想得太簡單了，你沒想過偌大一筆錢毫無理由就從內地轉向香港，這肯定會引起香港金管局的注意的。」

傅華問道：「那你是怎麼轉過去的？」

伍奕笑笑說：「你還記得『天皇星號』的那個呂鑫嗎？你以爲江宇爲什麼要介紹他給我認識？」

傅華愣了一下，旋即明白了其中的緣由，看了看伍奕，低聲說：「你是說洗錢？」

伍奕笑了笑，說：「那只是你的想法而已，我可什麼都沒說。」

傅華心裏十分震驚，原本他以爲一件很正常的收購案，裏面竟然有這麼多不合法的東西，原本看上去像大老粗的伍奕，竟然在暗地運作了這麼多事情，看來人還真是不能只看表面。

傅華提醒說：「伍董，你這可是在玩火啊。」

伍奕點了點頭說：「是啊，我是在玩火，不過這火如果玩好了，我的山祥礦業就不可同日而語了。這裏面的利益太大，很值得我賭一把。不過，傅老弟放心，這一切都是我在運作，我不會牽涉到你一點的。」

傅華看著伍奕，說：「伍董，這不是你牽涉不牽涉我的問題，問題的關鍵是，真要出了什麼事情，你要承擔法律責任的。」

「沒事的，臺面上可以看到的都是合法的。就連董昇這邊也是合法的，我們山祥礦業只不過委託他們律師事務所幫我們提供法律意見，他們就是做這個的，合法開業，合法運作，所有的手續都是合法的。」

「那臺面下的呢？」

伍奕笑笑，說：「臺面下的就是各憑天命了。抓不到就過關，抓到了就自認倒楣。再說，老弟，你現在想只憑臺面上的運作做成一件事情，可能嗎？」

傅華默然了，現在要完完全全憑臺面上的規定做成一件事情，不是一點不可能，確實是十分的艱難。

伍奕看了看傅華，說：「老弟啊，我是信得過你才跟你說這些，你可要幫我保密啊。」

傅華苦笑了一下，說：「我還沒那麼大嘴巴。」傅華心中很是彆扭，他並不樂見這種情形，可是他也無力干涉什麼。

接著，傅華問起了海川這段時間發生的事情，伍奕說：「老弟，還記得你讓我關照的那家西嶺賓館嗎？」

傅華對吳雯在海川的發展也很關心，見伍奕提起，便說：「當然記得了，你後來有去吃過飯嗎？」

伍奕笑笑說：「你老弟關照的，我怎麼敢不去啊？我把公司許多活動都安排了過去。」

「謝謝，我欠那個老闆很大一個人情，伍董這麼做，算是幫我還人情了。」

伍奕笑說：「你跟我就不用這麼客氣了。不過，那個老闆娘漂亮的邪門，就算老弟不囑託我，我也會找機會去的。」

傅華看了伍奕一眼，說：「伍董，人家吳總可是規規矩矩的生意人，你可別打歪主意啊？」

伍奕曖昧的笑了，說：「老弟，她是你的情人吧？你放心，我再渾，也不至於動兄弟的女人。」

傅華急說：「你別胡說啊，那個吳總可不是一個普通人，當初我被騙，她幫了我很大的忙，對我是有恩的。我囑託你，也是報恩，並不是她需要我幫這個忙。」

「原來是這麼回事啊。這個女人真是不簡單啊，老弟，你不在海川不知道，西嶺賓館在這個女人手裏完全是換了一個風貌，原來冷冷清清的，現在車水馬龍，海川政商兩界有頭有臉的人都是那裏的常客，熱鬧得很。而且，她的海雯置業剛剛拿下市裏一個很好的地塊，發展的勢頭很猛啊。這塊地，很多海川市的大開發商都有興趣，結果被她一個在海川名不見經傳，剛發展起來的地產商拿到，讓很多人都大跌眼鏡。她的能力很大，看來她確實並不需要老弟你的幫助啊。」伍奕說道。

傅華對此並不感到十分驚訝，當初他在吳雯幫自己解脫困境之時，就領教過吳雯的手段了，尤其是她背後還有一個神秘的乾爹，就笑笑說：「吳總這個人能力很強，做到這些很正常。」

伍奕看看傅華，問道：「這一次，有人說是徐正市長出面幫她打的招呼，這個女人似乎是憑空冒出來的，又有這麼大的能力，太神秘了，你既然跟她這麼熟悉，應該知道她的來歷和背景吧？」

傅華心說我當然知道吳雯的來歷，可是我總不能告訴你，她原來是仙境夜總會的花魁吧？如果暴露了吳雯這個身分，她哪裡還有顏面在家鄉待下去啊？就是我自己，很多事情也是說不清楚的。

傅華便笑說：「我是在一個很巧合的機會認識她的，說實話，我也不是很清楚她的來歷，只知道她是我們海川人，在北京發展的不錯，想要回鄉投資創業。」

伍奕有些不相信的看了看傅華，說：「真的嗎，老弟你也不知道她的背景？」

傅華點了點頭，說：「我真的不知道。」

伍奕搖搖頭說：「這個女人真是太神秘了，你不知道海川很多人都在背後討論這個女人究竟是什麼人，很多人猜測她是不是某個高級領導的情人或者是私生女。」

傅華心裏暗自好笑，這些人還真是想像力豐富，他笑笑說：「好了，我們就別在背後嚼人家的舌根了。」

伍奕笑笑說：「對啊，我們兩個大男人背後議論一個女人，真是有點不倫不類。好了，中午了，叫上我外甥女和那個小羅，一起出去吃飯吧。」

海川市，市委書記孫永的辦公室。孫永正在批公文，門被敲響了，馮舜帶著秦屯推門進來。馮舜說：「孫書記，秦副市長來了。」

孫永說了一句「先坐吧。」連頭都沒抬，繼續批他的文件。

秦屯就去沙發那裏坐下，馮舜送了一杯茶進來，就出去了。

秦屯靜靜地坐在那裏看著孫永批公文，不敢言語，他來找孫永，並不是有什麼緊要的事情，是因爲他剛剛得知原本他幫朋友跟國土局局長周然打招呼的那塊土地被海雯置業拿走了，他心裏十分的生氣，讓他到嘴的肥肉又不得不吐出去了。

這裏面的原因就是那個徐正，是徐正橫插一槓子，干涉了這件事情，才會出現這樣一個結果。

原本秦屯就對徐正搶走了自己的市長位置很爲不滿，孫永本來大力推薦自己出任市長，並且一再要自己去北京活動一下，沒想到自己沒能做到，使孫永對自己亦有微詞。

徐正的做事風格很類似曲煒，強勢、攬權，很自然的，他跟孫永之間就有了衝突，

特別是上次孫永公開發作了海通客車事件，讓兩人的敵對幾乎是公開化了。因此徐正對秦屯這個緊跟孫永的副市長很不待見，打狗給主人看，常常找些事由批評秦屯，弄得秦屯在市政府的日子很不好過。

種種事由再加上這塊地的事情，秦屯感覺對徐正實在忍無可忍了，他去找孫永，就是想把這件事反映給孫永，跟孫永商量一下，看有沒有辦法將徐正趕走。

孫永好一會兒才將公文批完，看了看秦屯，問道：「找我有什麼事情嗎？」

秦屯試探地說：「孫書記，你聽說了國土局放出來的那塊地的事情嗎？」

孫永搖了搖頭說：「沒有哇，怎麼了？」

秦屯說：「那塊地十分搶手，你知道被誰拿走了嗎？」

孫永說：「誰啊？」

「海雯置業。」

孫永心裏一驚，他在海雯置業當初拿地的事情上做過賊，此刻聽到這個名字自然心虛，不過，他並不想在秦屯面前暴露自己真實的想法，便裝模作樣地問道：

「好像沒聽過這家公司的名字啊，小公司吧？」

「對啊，海川那麼多家大公司都沒拿到手，偏偏被這家小公司拿到了，你知道它的老闆是誰嗎？」

孫永裝糊塗到底，問道：「誰啊？」

秦屯說：「孫書記就是貴人多忘事，就是西嶺賓館的那個老闆娘啊，你不是還參加過西嶺賓館的重新開幕典禮嗎？你忘了當時海雯置業還捐了一百萬呢。」

孫永哦了一聲，說：「是她啊，怎麼了？」

「這個女人不簡單啊，你知道這次是誰幫她拿到地的嗎？是徐正徐市長。」

孫永對這個說法並不驚訝，實際上他一直很關注徐正在海川的動態，對徐正經常出現在西嶺賓館這一情況早就瞭若指掌，在秦屯提到海雯置業拿到地的時候，孫永心中就猜到了這背後一定有徐正的影子在。

孫永看了看秦屯，說：「老秦，你究竟想說什麼？」

「孫書記，你不覺得這徐正越來越不像話了嗎？國家實行土地招標程序，就是想把土地出讓的情形公正公開，他卻在其中上下其手，肆意干涉國土局的運作。」

孫永笑說：「你是怎麼知道徐正在其中上下其手的？」

秦屯說：「國土局局長周然跟我講的。」

孫永反問道：「周然跟你講過什麼了，他說徐正一定要將這塊地給海雯置業了嗎？」

秦屯愣了一下，周然只說徐正關照這塊地的出讓要公正公開合法，並沒有講任何一句一定要將地給誰的話，再是周然跟自己解釋地不能給自己的原因，這些話也不好在孫永面前說。

孫永見秦屯不說話了，笑說：「你別做出這副義憤塡膺的樣子了，說吧，是不是徐正搶了你的好事？」

秦屯不好意思地說：「孫書記，被你看出來了，是的，原本我跟周然打過招呼，說這塊地我一個朋友想拿。可是徐正橫插一腳，硬是將地奪了去。」

孫永笑笑說：「你跟我說這些沒用，徐正幫海雯置業拿地，可有什麼不法的行爲在嗎？」

「他跟周然打招呼就是不法行爲。」

孫永笑了，說：「打打招呼就不合法了？那你豈不是也一樣不合法？」

秦屯沒話說了。

孫永罵了一句：「愚蠢。」

秦屯看了看孫永，說：「孫書記，你就讓徐正這麼肆無忌憚的在海川橫行？」

孫永被說中了心病，他原本借海通客車的事情發作了一番徐正，滿心想徐正會收斂些，結果徐正卻借此機會把海通客車的問題解決了，現在海通客車和百合集團要合作汽車城，搞得風風火火，似乎又給徐正增添了一筆很大的政績，使徐正越發不把自己放在眼中了。

孫永一聽火了，指著秦屯叫道：「你還好意思來問我，我當初給你那麼好的機會讓你去爭取市長，你做了什麼？你當初要是做得好一點，會讓徐正到海川來橫行嗎？」

秦屯委屈的說：「我原本已經跟許先生運作的差不多了，誰知道徐正半路殺出來，也找了人呢。」

孫永說：「你不行就說不行，找什麼理由，真是爛泥扶不上牆。」

秦屯偷眼看了看孫永，說：「孫書記，現在事情已經是這樣了，你就別埋怨我了，我們是不是考慮考慮怎麼弄走姓徐的？」

孫永瞅了秦屯一眼，說：「你有什麼辦法嗎？」

「能不能就這次拿地的事情做做文章？」

孫永不滿地瞪了秦屯一眼，說：「我都說你愚蠢了，這件事情怎麼做文章？徐正做過批示嗎？還是你有證據能證明徐正受過海雯置業的賄賂？」

秦屯說：「這些都沒有，可是海雯置業這次能得標，我相信很多人都會有所懷疑的，是不是想辦法舉報一下？」

「舉報什麼？沒有證據，舉報也是瞎舉報，沒用的。」

「就算沒用，也可以讓徐正彆扭一下；再說，西嶺賓館的老闆娘那麼美，很難說這一次徐正幫她拿地，不是因爲跟她有了一腿，乾脆就舉報他們之間有不正當關係，我想肯定會有人相信的。」

是啊，就算這個舉報起不了什麼作用，也能讓上面約束一下徐正，徐正大概也會收斂一些。

孫永看看秦屯，說：「你這傢伙，也有聰明的時候。」

「那我回去就這麼做了？」

孫永點了點頭，說：「你做得機靈些，別露了馬腳。」

「我會小心的。」

「這麼做起不到什麼決定性的作用，只能給徐正找點小麻煩，真要打倒徐正，這些是不夠的。你回去注意收集一些有力的證據，找那些能扳倒徐正的證據。」

秦屯說：「這個徐正有點類似曲煒，這方面的證據還真是不好找。」

孫永說：「他不會一點缺點都沒有的，就是曲煒不也是讓我給趕走了嗎？只要你用心去找，我想一定會有的。」

秦屯答應說：「好的，我會仔細想想徐正做過的事情的。」

「對，就從他做過的事情上去找，融宏集團那邊應該沒什麼，陳徹那個人不做這些，他的身分也不需要他做這些。倒是那個兼併海通客車的百合集團，那個高豐你給我注意一下，說不定可以從他身上找到徐正什麼問題。再是這個西嶺賓館的老闆娘，我就不相信徐正守著她就不偷腥？你也要多關注關注他們。」

孫永心中說，那個娘們連我都動心了，徐正跟她走得那麼近，一定是有所企圖的；既然他幫海雯置業拿了地，說不定他已經得手了。

想到這裏，孫永心中不無嫉妒，他眼熱吳雯已經很久了，可是因爲種種緣由，他一直不敢下手，現在看吳雯跟徐正勾結在一起，他越發沒有了染指的機會了。

秦屯連說：「好的，我會。」

吳雯得到了自己得標的通知，有些意外，意外的是，徐正什麼都沒要，卻真的幫了這個忙。她立時抓起電話，想打給徐正表示一下感謝。

撥號撥到一半的時候，她又停了下來，她心中還是不相信徐正會一無所求的幫自己，他會不會想趁自己表示感謝的時候，提出什麼要求呢？

徐正沒提什麼條件就把事情給辦好了，這反而讓吳雯有些爲難，就她的經驗來看，越是這樣的人情越不好還；但是這種人情又不能不還，她雖然是一個女人，可是也知道做事要仗義，因此並不想賴掉這份人情。

如何還這個人情，還需要認真想一想，吳雯心中對徐正究竟想要什麼並沒有底，她放下了電話。

一封相同的檢舉信分別寄到了省紀委和省政府、省委，省委和省政府的高層領導一人一封，信上說海川市市長徐正跟海雯置業的老板吳雯關係曖昧，不但把市政府的招待活動安排在吳雯管理的西嶺賓館，還出面幫吳雯得到了海川一塊優質的地塊，徐正這種行爲敗壞黨紀黨風，在社會上造成極其惡劣的影響，請求省委、省政府以及省紀委對徐正嚴肅查處。下面署名寫著「國土局一個有黨性的黨員」。

省裏很快就有人將這封信的內容告知了徐正，徐正十分震驚，因爲他幫吳雯打招呼這件事情，除了吳雯之外，只有他和國土局局長周然知道，吳雯肯定是不會往她自己身上潑髒水的，那剩下來的，就只有國土局局長周然一個人了。

不過徐正往深一想，便覺得周然並不可能做這種舉報他的傻事，自己只不過交代周然一些臺面上的套話，照顧吳雯是周然自己領會的意思，這件事情真的要查辦，也只能從周然身上查起，與自己並無關聯。

那是誰寫的就令人費思量了，但不管怎麼樣，這個消息肯定是從周然那方面走漏的，這個基本上是可以確認的。

目前最緊要的倒不是是誰寫的這封信，而是省委書記程遠和省長郭奎將如何看待這件事情，按理說，這種沒有留下真實姓名的舉報信是不會引起紀委的調查的，而且信中大多只是臆測之詞，並無實據，大多時候領導們對此也就是看後笑笑便置之不理。

但徐正並不因此就輕視這件事情，海川前任市長曲煒剛因爲不正當的男女關係被調走，他再出這樣的緋聞，相信程遠和郭奎對此一定會有所反應的，說不定會來查問自己，要如何應對也是一個問題。只要牽涉到了女人的問題，往往是最不好解釋的，就算能撇清關係，領導對此也會半信半疑。

徐正心頭不由暗罵寫這封信的人卑鄙，這麼不負責任的胡說八道一番，自己卻不得不費盡心機想辦法澄清，真不是東西。

徐正想得不錯，省委書記程遠看到這封檢舉信的時候，眉頭不由得皺了起來，雖然是匿名信，說明寫信的人並不光明正大，而且信上所說的，大多沒有什麼可靠的證據支持，但程遠仍然看著不舒服，心說無風不起浪，肯定這件事情是有所本的。

這海川市是怎麼了，前後兩任市長都爆出了跟女人的桃色事件，前面才剛處置了曲煒，後面這個徐正不但不引以爲戒，反而接著也來這一套。

在跟郭奎開碰頭會的時候，程遠提起了這件事情，說：「老郭，那封有關徐正的舉報信，你看了嗎？」

郭奎說：「省裏的領導們一人一封，誰沒看到呢？」

程遠看了郭奎一眼，問道：「你怎麼看這件事情？」

郭奎笑笑，他心中對徐正這段時間的工作成績很滿意，便說：「徐正最近很做了些事情，可能動了某些人的利益了，這封信是別有用心的小人寫的，我認爲沒必要理會。」

程遠點點頭說：「是啊，我也覺得寫這封信的人藏頭露尾，並不磊落，而且信中所寫的多是推測，並不可信。」

郭奎說：「現在很多幹部都是這樣，讓他們做點事吧，他們沒這個能力：但是別人做了，他又眼紅得要命，這樣那樣的挑毛病。」

「雖然是這樣，不過無風不起浪，我想徐正也不會一點問題都沒有，你回頭提醒一下徐正，要他在男女往來上面多注意一點，曲煒就是前車之鑑，讓他小心一點。」

郭奎並不想這麼做，說：「程書記，這好嗎?也沒什麼實據的事，我跟徐正說，會不會挫傷他的工作熱情啊？」

程遠笑笑說：「就是一個提醒而已，有則改之，無則加勉，這也是對同志們的一種愛護，別讓他們走了歪路。」

「好吧，我找個時間跟他談談。」

於是在徐正來省裏開會的時候，郭奎特別將他留了下來。

郭奎將信扔給了徐正，說：「這封信的內容，大概你早就知道了吧？」

徐正這些天都在思考這件事情，他甚至弄到了一封舉報信，詳細的研讀過上面的內容，因此心裏早就有了準備，便說：

「省裏有朋友跟我說了，信上寫的都是無稽之談，土地招標的事情，都是國土局依據法定程序去做的，相關的文件都擺在那裏，價格並不比同類的土地低，我看不出有什麼違法的地方。至於說我關照了海雯置業，這不是事實，整個過程我都沒干涉過，省裏不相信我，可以下去查，如果有任何一個我爲這件事情的批示，我願意辭職承擔責任。」

郭奎笑了，說：「不是省裏不相信你，只是當初曲煒爲什麼調離海川市，你也是知道的，程書記和我都不希望你重蹈曲煒的覆轍，在女人身上栽了跟頭。你老實說，你跟信上說的女人究竟是怎麼回事？」

徐正心中早就有應對之詞，因此並不回避，老實承認說：

「不錯，我是到西嶺賓館吃過幾次飯，市政府的一些活動也安排在西嶺賓館，可能寫這封信的人就是因此把我們聯繫上的。不過，我這麼做是有原因的，其實我去吃飯，是因爲那家賓館原來是省人事廳的幹部培訓中心，一直經營不善，後來人事廳爲了改變這個狀況，才將它承包給海雯置業。信上說的這個女人，就是海雯置業的老總。周鐵廳長爲了表示對承包商的支持，還專程跑到海川參加了西嶺賓館的重新開幕典禮，當時周廳長拜託我對這家賓館多支持一下，因爲份屬同僚，我就答應了他，也就把市政府的一些活動安排在西嶺賓館。

我覺得這很正常啊。而且這家海雯置業是一家很有社會公益心的企業，重新開幕當日就捐了一百萬給海川的下崗職工，對海川的慈善事業很支持，相應的，我作爲市長，對他們經營的賓館多少支持一點也是應該的。郭省長，您認爲我這麼做不合適嗎？」

郭奎說：「對有社會責任的企業我們是應該加以支持，這是對的，換了是我，也會對這樣的企業加以扶持。不過，你要注意一點，跟那個女老闆別走得太近，適當的保持一下距離，明白嗎？」

徐正笑笑說：「郭省長，我明白，其實我跟這個女老闆根本就沒走近過，我們私下裏並無接觸，跟她接觸的時候都是很多人在一起的場合，不知道這些看在別有用心的人眼中怎麼也成了什麼曖昧了，現在的人啊。」

郭奎說：「行了，別發這些牢騷了，我今天把你留下來，也就是給你個提醒而已。你最近工作很出色，回去好好幹，別讓這些無聊的舉報影響了你。」

徐正說：「謝謝省裏的支持。」

手中王牌

「你想幫徐正打倒孫永？」劉康問。

「徐正這次沒提什麼要求就幫了我，這也算我還他一個人情吧。」

劉康想了想說：「你先不要急，那是一張王牌，不要輕易打出去。先留著孫永這傢伙吧，時機還不到。」

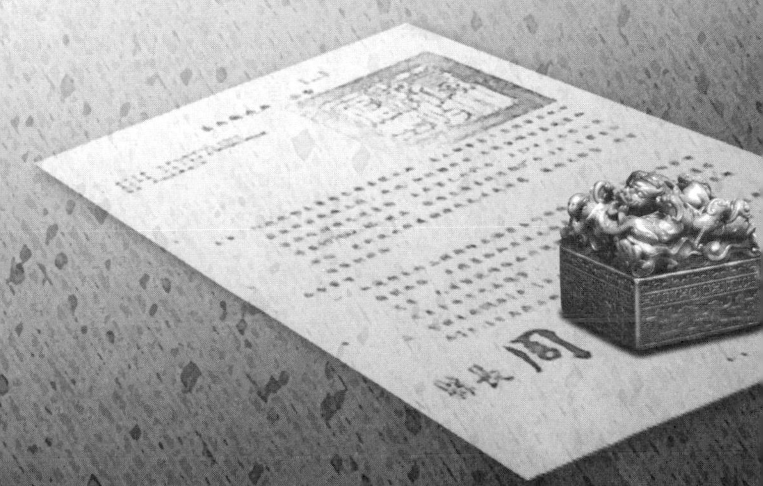

徐正離開郭奎的辦公室鬆了一口氣，這件事情中最難的部分已經應付了過去，他不需再擔心什麼了。

回到海川，徐正讓劉超打電話把國土局局長周然叫了過來。

雖然徐正在郭奎面前很好的應付了過去，但他心中始終有根刺，那封信中準確的指出是徐正的關照才讓海雯置業拿到地，這本來是除了當事人之間，不應該有人知道的事情，他找周然，是想找到這個知道的人是誰，找到這個人，他就明白背後想整自己的人是誰了。

周然匆忙跑了來，進門偷看了徐正的臉色一眼，他已經知道有人向省裏舉報徐正的情況，因此很擔心徐正把這件事情遷怒到自己身上，因爲他是這件事情中的最知情者。

「徐市長，您找我？」

徐正看了周然一眼，說：「坐吧。」

周然坐到了徐正對面，劉超送茶進來，徐正交代說：「我跟周局長談點事情，不要讓人來打攪我。」

劉超答應一聲，就出去了。

徐正看劉超出去了，便嚴肅地說：「老周，你大概也知道我找你是爲了什麼事吧？」

周然看看徐正，小心的問道：「是不是有人向省裏舉報海雯置業拿地的事情啊？」

徐正點了點頭，說：「看來你也知道了，我這裏有一封舉報信，你看看能不能知道是誰寫的？」說著，徐正拿出舉報信遞給了周然。

周然一邊接過信，一邊撇清說道：「徐市長，這信可不是我寫的。」

徐正笑說：「好啦，老周，我如果懷疑你，也不會把你叫來看信了。」

周然打開了信，仔細看了一遍。

徐正問道：「看得出是誰寫的嗎？」

周然搖搖頭說：「看不出來。」

徐正說：「這裏面除了我找過你之外，其他都是臆測之詞，老周啊，你好好想想，有誰知道我找過你這件事情？」

周然仍然搖了搖頭，說：「徐市長，我沒跟別人說過這件事情。」

徐正看了看周然，他不相信周然沒跟別人說過這件事情，不然這封信的作者是從哪裡知道這些的。

「老周，我知道你有些事情很難做，但你如果認真的看這封信，就應該知道寫這封信的人用心險惡，表面上看，這封信似乎是只針對我，實際上它針對的還有你，並且，這件事情如果真要查起來，你是首當其衝的人，真要有責任，怕是你要承擔全部責任的。你想想，我跟你說過要你關照海雯置業這樣的話嗎？沒有啊，我只是幫他們問問情況而已，你們國土局選擇海雯置業也是正常程序的結果，除非是你在其中做了一些不正當的操作，那樣責任還是你的。」

周然臉色變了，趕緊說道：「徐市長，我們選擇海雯置業都是按照正常程序來的，不存在不正當操作的情形。」

徐正笑說：「你別緊張，我不是說你存在不正當操作的情形，我是要讓你知道這封信可能危及的還有你，你是不能置身事外的，這樣的話，我想你也許能回憶起什麼來。老周，人有些時候很難兩面都討好的，我是不會害你的，但別人呢？你好好想想吧。」

周然沉默了，其實他知道這封舉報信的時候，心中就有七八成已經猜到究竟是誰在背後操弄這件事情了，但他並不敢講出來，因爲那一方他也是不敢得罪的。

現在經過徐正的分析，不論寫這封信的人究竟有沒有這麼想，客觀上，這封信是對自己很不利的，甚至如果真要查辦起來，自己還真是首當其衝的人。

周然心中暗罵，心說：你要對付徐正就對付徐正吧，扯上我幹什麼，當初我告訴你這件事情也是一番好意，也說了以後會想辦法補償，你還拿這件事情來說事，真是不夠意思。

徐正看周然神情陰晴不定，知道他一定想到了什麼，便笑笑說：「老周啊，你大概想到是誰了吧？」

周然尷尬的笑笑說：「是啊徐市長，這件事情我就跟一個人說過，那就是副市長秦屯。其實您跟我打招呼的時候，秦屯已經先打過招呼了，我有些擺不平，就把您抬了出來。」

徐正心想：果然是孫永那邊的人馬，看來對方始終在暗地緊盯著自己呢，幸好自己在這件事情上並沒有留下什麼可以讓人指摘的證據。

徐正並沒有露出憤怒的表情，淡定的笑笑說：「原來是老秦啊，老周，我要跟你解釋一下我為什麼很關心海雯置業，海雯置業是一家很有社會責任心的企業，你還記得他們捐款的事嗎？」

周然說：「我記得。」

「現在社會上賺錢的公司很多，但是像海雯置業這樣有責任感的企業並不多，我們對這樣的企業，在可能的範圍之內給一點幫忙是應該的，所以我這個市長有時候對他們的情況會多關心一點，我這麼做，是想在社會上引導一個好的企業風氣，並不是助長什麼歪風邪氣。你明白嗎？」

周然點了點頭，說：「我明白徐市長的意思了。」

「可是有些同志就不這麼認為，他們認為是奪了他們的口中食，甚至採用一些卑劣的手段來誣告我，這是十分惡劣的。我在這裏給你提出一點要求，上面既然把你放到國土局的位置上，你要把好關，不要隨便什麼人打招呼就接受。」

周然心說，有這次的事，秦屯就算再跟我打招呼，我也不會搭理他的，這傢伙爲了整徐正，竟然不惜把我也拉下水，我不想辦法對付他就很不錯啦。

徐正又問了周然，秦屯是幫哪家公司打招呼的，周然此時自然不會隱瞞，就說了那家房產公司的名字。徐正沒說什麼，只是記住了這家叫做「海盛」的房產公司。

官場上的八卦流傳的很快，人事廳廳長周鐵也知道了徐正被舉報的消息，就打電話給吳雯的乾爹：「劉康啊，有人動你乾女兒和徐正的腦筋了。」

周鐵說了大致的情形，劉康笑說：「誰這麼無聊啊？這不痛不癢的舉報信能說明什麼啊？」

周鐵說：「倒是說明不了什麼，不過給徐正添堵罷了。我聽說徐正被省長郭奎叫去訓了一頓。我跟你說這件事情，是想提醒你，看來有人盯上了你乾女兒和徐正，你要跟她說一聲，今後做事要小心些，別讓人抓了把柄。」

劉康笑笑說：「好，我知道了。」

劉康就打電話給吳雯，說了這個情況，吳雯聽完，說：「我說徐正最近幾天怎麼都

沒過來吃飯呢。」

劉康問道：「海雯置業得標之後，你還跟徐正聯繫過嗎？」

「沒有，我一直也沒想好該怎麼感謝他，因此也就沒跟他聯繫。」

劉康說：「目前這種狀況還是什麼都不做最好，回頭你打個電話給他，口頭表示一下感謝就好了。」

「好的，乾爹。」

劉康又說：「你知道這件事情是誰在背後搞鬼嗎？」

吳雯說：「我並不確切知道是哪個人做這件事情的，不過，我猜測可能是市委書記孫永的把戲。前段時間孫永和徐正之間鬧得很不愉快，如果有人想整徐正，肯定離不開孫永。乾爹，你說我們是不是把那份錄影拿出來用啊？」

「你想幫徐正打倒孫永？」劉康問。

「我有這個意思，徐正這次沒提什麼要求就幫了我，這也算我還他一個人情吧。」

劉康想了想說：「你先不要急，那是一張王牌，不要輕易打出去。先留著孫永這傢伙吧，時機還不到。」

吳雯就打電話給徐正，徐正接通了，說：「吳總，找我有什麼事情嗎？」

吳雯笑說：「徐市長，我剛剛聽說您因為我的事情被人誣告了，真是不好意思啊。」

「你有什麼不好意思的，那都是一些別有用心的小人做的，不關你的事。」

「他們總是以我爲理由的，原本我這幾天還在想，要怎麼謝謝您這一次幫我的忙，現在這個想法就有點不合時宜了。」

徐正笑了，說：「對啊，這時候不論做什麼都會被別人誤會的。好了，我幫你的原因，我也跟你說過了，而且只此一次，真的不需要感謝我什麼的。」

「但是我心中是十分感謝的。」

徐正笑笑說：「你做好你的企業，就是對我最好的感謝了。」

「那這份情我先記下了，對了，這幾天怎麼沒過來吃飯，不是讓那封信嚇住了吧？」吳雯問道。

徐正是有些想跟吳雯保持距離的意思，畢竟信中說的是他和吳雯關係曖昧，瓜田李下，還是少接觸爲妙。便笑笑說：「也沒有，只是最近事情忙了一點而已。」

「我想徐市長您也不應該被嚇住，有些人你再怎麼去做，他也是要嚼這個舌根的，我們身正就不怕影斜，否則的話，還真的讓他們認爲我們之間有什麼了。」

徐正想想也是，自己避開吳雯，反而會讓那些別有用心的人更加認爲他們之間關係曖昧，便笑著說：「想不到吳總看事情這麼透澈。」

徐正再次出現在西嶺賓館，成了海川一個新的八卦熱點。很多人都知道徐正被檢舉跟吳雯關係曖昧這件事情，對徐正這種毫不避諱的做法，看法很兩極。

有人就認爲徐正完全是被那個老闆娘迷住了，甚至到了不顧自己仕途的程度；也有人認爲徐正這麼做，說明兩人之間根本就是清白的，因此也就不需要回避什麼。

但不論哪一種看法，人們在竊竊私語之時，都認爲吳雯這個女人真是了不得，顯得越發神秘和有能力。

孫永冷眼旁觀著這一切，他從徐正被郭奎叫去指責了一番之後，仍然旁若無人的出入西嶺賓館中，得出了一個結論，那就是省裏還是十分支持徐正的，不然徐正也不敢這麼張狂。這讓他有些喪氣，看來秦屯這次的檢舉是做了無用功了。

週六，北京。伍奕拉著傅華、趙婷和章鳳一起來到了紅葉高爾夫球場，伍奕邀請他們一起來打高爾夫。

聽說伍奕這次也邀請了董昇和商務部的崔波，原本傅華不想湊這個熱鬧的，他雖然不知道這一次伍奕究竟要運作什麼事情，不過他很清楚，肯定是與伍奕的反向收購有關。

他有些厭惡這其中的操作，因此推辭說：「反正人我已經介紹給你認識了，就不參加了吧？」

伍奕卻堅決不肯，一早就跑去傅華家，非要拖著他們夫妻參加不可。恰好章鳳因爲週末過來找趙婷玩，一問章鳳也會打高爾夫，就把她一起拉到了高爾夫球場。

章鳳自那次被傅華教訓了一頓之後，改變了很多，神情也開朗了，趙婷又常常拖她出來玩，拉著她在北京到處吃好吃的小吃，看漂亮的風景，慢慢的，章鳳竟然喜歡上了北京的生活，傅華自然樂見章鳳融入到新的生活中去。

幾個人下了伍奕的悍馬，閒聊了一會兒，董昇帶著徐筠就到了。徐筠見到章鳳很高興，說：「章鳳，你怎麼也來了？」

章鳳笑說：「我是去找趙婷玩，被一起拖了過來。」

徐筠說：「早知道你來，就把鄭莉也叫過來了，我們幾個女將湊到一起也熱鬧些。你還沒見過我家老董吧，來，我給你介紹。」

徐筠就介紹了董昇給章鳳認識，章鳳早就聽徐筠談起過董昇，只是沒見過本人，便跟董昇握了握手。

董昇跟大家打了招呼，然後看看伍奕，問道：「崔波還沒來嗎？」

伍奕點點頭說：「崔司長還沒到。」

董昇說：「那我們再等一會兒，崔波說要帶一個朋友來，是商務部外資管理司

的。」

伍奕心知這個外資司的人，肯定是爲自己公司反向收購而來的，便笑笑說：「好的。」

董昇又把傅華拖到了一邊，小聲問道：「傅主任，你怎麼把那天在酒吧的那個女人帶到這裏來了？」

傅華愣了一下，他沒想到過了這麼長時間，董昇竟然還能認出章鳳來，旋即笑笑說：「她是我工作上的夥伴，現在跟趙婷很好，早上正好被伍奕碰上了，就一起帶了來。你不說我還忘了這個事，不然我也不會帶她來的。你放心吧，她那天醉得一塌糊塗，不會認出你來的。」

董昇仍然心虛地說：「真的不會認出來嗎？」

傅華笑說：「要是認出你來了，剛才跟你握手的時候就有所表示了。」

也是，董昇放下了心，曖昧的笑說：「傅主任，我真是有點佩服你了，你把家裏家外的搞得一團和諧，真有辦法。」

傅華心說，你以爲我跟你一樣胡搞嗎？便說：「董律師，看來你誤會了，章鳳真是我的工作夥伴。」

徐筠這時走了過來，問道：「老董，你跟傅華在嘀咕什麼呢？」

董昇笑笑，掩飾的說：「我們在說崔波怎麼還不來呢？」

徐筠說：「這個老崔也是的，打高爾夫遲到是最令人討厭的，你打電話催他一下。」

董昇就撥了崔波的電話，崔波接通了，說：「我已經到俱樂部門口了。」

一會兒，崔波的車就到了，從車上下來一位個子高高，略微有些胖的中年男子。崔波介紹說是他們部裏外資司的齊申副司長。

董昇認識齊申，跟他點頭打了招呼，其他的人相互介紹了一番，就開始打起高爾夫來。

伍奕跟董昇、崔波和齊申因爲有事要商量，便走到了一起，嘀咕起他們的事情來。趙婷和徐筠對此早就見慣了，也就不去理會他們，專心打自己的球。

章鳳的球正好停在傅華附近，在等著打球的空檔裏，問傅華：「傅主任，這些人是不是拿我們當掩護談事情呢？」

「是啊，他們有自己的事情要商量。」

「哦，對了，傅主任，我怎麼看那個姓董的律師那麼眼熟啊，可是又想不起來在哪裡見過？」

傅華看了章鳳一眼，想看她是不是回憶起什麼來了，看看又不像，便笑笑說：「董

律師長得是大眾臉，很多人都長這個模樣，很難分辨的。」

章鳳笑了，說：「也許吧，我最近這段時間酒喝得實在太多，腦子都有點糊塗了。」

傅華笑笑說：「幸好那段難熬的時間過去了，我看你現在好很多了。」

章鳳看了看傅華，說：「這可要謝謝你了，你的話提醒了我，傷害自己並不能解除痛苦。而且，你還讓趙婷不時的拉我出去玩，讓我不再沉湎於過去了。」

傅華笑說：「我們都是朋友嘛，在你陷入困境的時候，我們必須拉你一把；再說，我們以後要長期配合，我可不想老是看身邊的人一副苦瓜臉，所以幫你也是幫我自己。」

章鳳笑了笑，說：「苦瓜臉，我有那麼難看嗎？」

傅華說：「你那副冷若冰霜的樣子，夠一百個人看半年的。其實你笑起來很好看，何必一定要繃著個臉呢？」

「那時候我真是有些想不開，現在想想還真是好笑。」

「其實很多時候我們對一些最簡單的道理都想不明白，不是因爲我們笨，而是因爲我們被什麼東西蒙上了眼睛，你就是這樣吧。」

章鳳笑說：「真不知道趙婷怎麼受得了你，她那麼活潑的一個人，你卻像個老學究，你們根本就不搭調。」

傅華笑笑說：「感情這個東西本身就無邏輯可言的，你說對不對？」

章鳳被說中了心病，苦笑了一下，說：「是啊，那個臭男人已經對不起我了，我還要爲他痛苦，真是不值。」

「你能想明白就好。」

輪到章鳳擊球了，便不再跟傅華講話，專心打球去了。

打完球，伍奕帶著一夥人出去吃飯。

席間，崔波坐在傅華的身旁，問傅華：「傅主任，我聽說你們海川市要蓋新機場了？」

崔波跟發改委的劉司長是同學，新機場的事情，徐正曾經帶著傅華去發改委拜訪過，因此傅華對崔波知道這個消息並不驚訝，便說：

「是有這麼回事，現在民航華東局已經答應向民航總局申請，將海川新機場列入國家的機場建設規劃中了。」

崔波說：「那就是還在跑審批的階段？」

傅華點點頭說：「是的，崔司長怎麼突然問起這個來了？」

「是這樣，我一個朋友是做機場建設的，有機會能不能幫他引見一下你們市長啊？」

傅華知道自己在徐正心中並沒有什麼分量，便笑笑說：「我們的市長新到任不久，我跟他還不是很熟，再說，這個項目才剛開始，還有一連串的審批要等著去跑，這時候我就引見，怕是不好吧？」

崔波點了點頭，說：「也是，現在引見是有些早了點。」

董昇在一旁端著酒杯，對崔波說：「你們倆嘀咕什麼呢，來，酒桌上不談公事，喝酒，喝酒。」

崔波就和董昇碰了一下杯，新機場的話題就這麼被錯開了過去，傅華心裏也鬆了一口氣。他目前跟徐正的關係十分尷尬，這時候崔波要求他引見徐正，讓他很難處理。

酒宴結束後，傅華等人先送齊申和崔波離開。崔波和齊申上車後，崔波將車窗搖了下來，對傅華招招手，傅華看情形便知道他對新機場的事還是不肯甘休，心中暗自叫苦，不過還是湊了過去。

「傅老弟啊，你們這個新機場審批的事肯定還是要從駐京辦這裏過手，你幫我注意一下，有什麼新的進展跟我說一聲，好嗎？」崔波說。

傅華遲疑了一下：「這個嘛。」

崔波說：「你放心，我朋友的公司也是國營的大公司改制過來的，實力雄厚，只是現在競爭太激烈了，不得不四處找機會。他們是正規公司，不會亂來的。」

「好吧，我幫你留意就是了。」

「那先謝謝了。」

崔波開車走了，董昇對伍奕說：「星期一到我辦公室來吧。」伍奕答應了，董昇便帶著徐鈞離開了。

這時趙婷說：「你們忙完了嗎?是不是我們也可以走了?」

章鳳也說：「是呀，打球本來是休閒活動，我看你們倒比上班還忙碌。」

伍奕今天完全達到了自己的目的，因此心情很不錯，見兩位女士不滿，連忙笑著道歉說：「不好意思啊兩位，我們馬上走。」

在車上，因爲打了一上午球，大家都有些累了，傅華也懶得去問伍奕事情辦得如何了，就這樣一路安靜的被送了回去。

星期一，伍奕去了董昇的律師事務所。坐定之後，董昇說：「商務部外資司的領導你也見了，這會兒相信我們了吧?」

伍奕笑笑說：「相信，我一直都相信你們的。」

董昇說：「那可以把代理的費用交了吧?」

伍奕說：「這一下兩百萬的費用，是不是有點高了？」

「伍董啊，這筆錢不是我一個人得的，你別覺得高，我跟你說，我們很多客戶都是跨國公司，都是以美元計費的，像你這筆業務對我們來說，只能算是一筆小案子。」

董昇一副你愛做不做的樣子，伍奕就明白這個價錢是講不下來的，就笑著掏出了卡，說：「好了，好了，我付你們代理費就是了。」

董昇讓財務人員進來幫伍奕處理刷卡，手續辦完之後，伍奕說：「那就拜託董律師儘快幫我們辦好這件事情。」

董昇點點頭說：「你回去等好消息吧。」

伍奕離開律師事務所後，董昇撥通了崔波的電話：「晚上有事嗎？」

崔波說：「現在倒沒什麼安排，你要做什麼？」

董昇笑笑說：「叫上齊申，晚上找個地方好好玩一下吧。」

「那晚上去你家吧。」

董昇不太高興的說：「不要吧，爲什麼總去我家啊？」

「那去哪裡？我和齊申都住公家宿舍，你覺得出入方便嗎？其他地方，就是你放心我也不放心啊。」

「我那裏徐筠一定會在的，也不太方便。」董昇說。

「徐筠以前也見過我們玩過撲克，你這時候想要避開她，是不是有些晚了？再說，我始終不明白，以前你不是很喜歡徐筠嗎？這個女人對你死心塌地的，你爲什麼不早點娶了她，娶了她，大家就都放下心了。」

董昇說：「你們放了心，我可就要受罪了。」

「爲什麼，你當初不是很喜歡她嗎？你如果不打算跟她結婚，把她帶到這些朋友面前算怎麼回事？」

董昇說：「我那時候哪知道她是現在這個樣子。」

「什麼樣子，她對你不好嗎？」

「好，就是太好了，讓我一點自由空間都沒有，這樣的女人我可受不了。」

「老董啊，」崔波頓了一下，說：「有個問題我一直很想問你，你是不是在外面又有了別人了？」

董昇愣了一下，說：「怎麼這麼問？」

「女人不都是像徐筠這樣的嗎？女人喜歡纏著男人，這不是很正常嗎？如果女人不這樣，她就是不在乎你了，那時候你可真要小心了。我很奇怪你怎麼這樣反感徐筠，我覺得你肯定是外面又有了別的女人了。」

董昇立刻否認說：「沒有，我沒有。」

「沒有最好。我跟你說，老董，徐筠這樣的女人已經很不錯了，差不多你就把婚結了吧。」

董昇有些厭煩地說：「好啦，好啦，別說這麼多廢話了，晚上就來我家吧。」

吃過晚飯後，崔波和齊申來到董昇家，徐筠已經爲他們準備好了茶水、果瓜之類的東西。

崔波一進門就笑著說：「徐筠啊，你說老董怎麼對打撲克這麼有癮呢？非要讓我們來陪著他打撲克，不會打攪你吧？」

徐筠賢淑地說：「老董就好這個，你們來陪他放鬆一下心情，我高興都來不及呢。」

齊申也說：「還要讓你準備這麼多好吃的，真是太謝謝了。」

董昇催促說：「好啦，別廢話了，快點坐下，上一次我輸了那麼多，早就想找機會報一箭之仇啦。」

三人就拉開架勢坐了下來，徐筠幫他們把吃食放置好，就說：「你們玩，我去外面客廳看電視。」

董昇說：「行，你去忙你的吧。」

三人就開始玩了起來。他們玩的是德州撲克，三人玩得很盡情，在客廳的徐筠都能聽到他們的大呼小叫，似乎董昇的手氣很差，不時就聽到他罵娘和狠狠摔牌的聲音。徐筠知道三人是以這種撲克遊戲在賭錢，賭得還很大。

到了晚上十點多，三人安靜了下來，徐筠知道這場賭局結束了，便過來看三人的情形。

崔波和齊申面前都有一個厚厚的紙袋，看來這一晚他們斬獲甚豐，董昇則是一臉的沮喪，嘟囔道：「我的運氣真差，怎麼就是打不過你們兩個呢？」

齊申笑笑說：「好啦，你牌技差就說牌技差，別老是怨運氣不佳。」

崔波也笑著說：「是啊，你這把臭手確實需要好好練練打牌的技術了。」

董昇不服地說：「別以爲你們贏了就可以這麼囂張，跟你們說，我的牌技不差於你們的，你們等著，下一次我一定好好教訓教訓你們。」

崔波說：「那我們就等著下一次了。」

後繼無人

趙凱呆了一下，他沒想到趙淼竟然會這麼說，
看來這個兒子不是什麼有出息的樣子，真是後繼無人啊，
偌大的通匯集團將來要交給誰呢？趙凱越想越生氣，指著趙淼說：
「你怎麼能說出這樣的混賬話？」

週二，傅華接到了徐正秘書劉超的電話，說徐正週三要到北京來。

傅華對這個消息並不意外，新機場的規劃申請遞到民航華東局已經有些日子了，估計華東局應該已經將相關資料送到了北京，徐正此次到北京來，一定是爲了跑這個審批來的。

傅華問劉超：「徐市長這一次有什麼特別的交代嗎？」

劉超說：「沒做什麼特別交代，傅主任你們做好接待工作就好了。」

傅華聽完，心說：徐正這樣子表示對自己有意見，來北京只讓自己做好接待工作，這本來就是自己分內的事情，他這麼交代，說明仍然在冷眼看待自己。

傅華有些無奈，只好笑笑說：「好的，我會做好一切準備工作的。」

劉超因爲徐正不待見傅華的關係，對傅華也是不冷不熱的，聽傅華講完就掛了電話。

晚上，傅華和趙婷回娘家吃飯，趙婷的弟弟趙淼也在家，他已經畢業，跟在趙凱身邊，掛著一個助理的頭銜，參與通匯集團的一些業務管理。

飯桌上，趙凱看傅華有點悶悶不樂，便問：「傅華，你工作上遇到了什麼困難了嗎？」

傅華說：「我們市長要來北京了，我跟他相處的總是有點彆扭。」

趙凱問說：「怎麼了，他對你有意見？」

傅華點點頭，就講了徐正因爲陳徹那件事對自己產生了嫌隙，後來雖然借百合集團的事情關係有所緩和，但還是很冷淡，甚至表揚自己的話也是由李濤轉告的，並沒有當面說。

趙淼聽了說：「你們官場怎麼這麼複雜啊？做了事情最後還要受埋怨？」

傅華說：「小淼，你剛踏上社會，還不明白社會的複雜，很多時候，真正做事的人反而不如會玩心計的人。」

趙凱對趙淼說：「對啊，你姐夫說的很對，有時候領導的意思是很難揣測的，你以爲對的事，他可能認爲是錯誤的。」

趙淼說：「那總該有一個標準吧？」

傅華說：「有標準，領導認爲對的就是標準。」

趙淼說：「那誰知道他究竟是怎麼想的？他要是心血來潮任意唬弄，那豈不是你也要跟著唬弄？」

傅華笑笑說：「還是有一定標準的，領導也不會做一些明顯危及自己的行爲。」

趙淼說：「太複雜啦，幸好我沒去做官，不用費這個腦筋。」

趙凱瞪了趙淼一眼：「你能不能長進一點，你以爲在通匯集團就簡單了？商場跟官場是一樣的，你在集團裏面做事也要多動動腦筋，不要因爲是我的兒子就想當然的隨便去做。」

趙淼不以爲意道：「不是還有你在嗎？」

趙凱生氣說：「你這是什麼態度啊？爸爸能跟你一輩子嗎？早晚有一天通匯集團要交給你們姐弟倆的，你姐姐雖然不願意處理這些事情，可她找了一個老公，還可以幫她處理，你呢？」

趙淼沒當一回事，隨口就說：「那我就去找個好老婆幫我處理好了。」

趙凱呆了一下，他沒想到趙淼竟然會這麼說，看來這個兒子不是什麼有出息的樣子，竟然會想出這麼匪夷所思的辦法，真是後繼無人啊，偌大的通匯集團將來要交給誰呢？

趙凱越想越生氣，啪地一聲將筷子拍在桌上，指著趙淼說：「你怎麼能說出這樣的混賬話？」

趙凱飯也不吃了，氣哼哼的去了書房。

趙婷也指著趙淼的鼻子說：「你這傢伙，不知道爸爸對你的期望很大嗎？你說這些不是要氣壞他嗎？」

趙淼反駁說：「姐，你別光顧著說我，你還不是跟我一樣？」

趙婷說：「你怎麼跟我比，你是男生，將來是要挑起通匯集團大梁的。」

趙淼說：「喂，這不公平吧？現在不是男女都一樣嗎？」

趙婷的媽媽說：「好啦，好啦，你們就別吵了。小婷、傅華，你們去看看你爸爸，讓他別生氣了，出來吃飯。」

傅華很理解趙凱的心情，雖然趙凱表面上說男女都一樣，但中國人傳統上對兒子期望更大一些，趙凱自然也不例外，可能在趙凱的盤算中，通匯集團的財產可以分給趙婷一半，但是管理者一定得是兒子趙淼。

可是現在看來，趙淼並沒有理解爸爸的想法，充裕的生活讓他失去了奮鬥的強烈願望，他享受財富帶來的美好生活，卻不願受管理財富之苦。趙凱一定是因爲可能後繼無人，才會生這麼大氣的。

到了書房，趙凱氣哼哼的坐在書桌旁，趙婷笑著過去說：「爸，小淼也就說了那麼一句玩笑話，您何必跟他生這麼大氣啊？」

趙凱生氣說：「你看他都說了些什麼，成天就知道享受。」

「小淼他還小，您可以慢慢教他嘛。」傅華勸說。

趙凱苦笑了一下，「他根本就無心在這上面，我怎麼教他？」

傅華說：「他現在還不知道社會的艱難，等他大一點就好了。」

趙凱嘆了口氣說：「是不是那塊材料早就定了。好了，不說他了，傅華，回頭你們市長來，我請請他。」

傅華猶豫地說：「不要了吧，我自己的事情我能處理好的。」

趙凱說：「請他是應該的，我們通匯集團和海川市是合作夥伴，上次他來，我正好在國外，沒趕上，這次請請他，一方面互相認識一下，另一方面，我們把面子做給他，他就不好再跟你過不去了。」

傅華想想確實也是，通匯集團跟海川市合建海川大廈，趙凱禮貌上也該出面應酬一下徐正，更別說自己還在徐正手下做事呢。便說：「那謝謝爸爸了。」

趙凱說：「跟我不用這麼客氣，說實話，我做的這些事情都是在爲你們的將來做打算，你們倆還好一點，需要我操心的不多，小淼什麼時候也不需要我操心就好了。」

趙婷笑說：「爸，你也是的，船到橋頭自然直嘛，我這不是挺好的嗎？小淼也會這樣的，你就別想那麼多了，出去吃飯吧。」

趙凱說：「你不用我操心，是因爲傅華可以幫你操心，小淼行嗎？難道真要他去找一個能幫上他的好老婆嗎？」

趙婷笑著去拖趙凱，說：「好了，大家都在等您吃飯呢。」

趙凱這才跟著趙婷和傅華出來吃飯。趙淼已經吃完，跑出去玩去了，趙凱搖了搖頭，說：「這個孩子，我說的他根本都不在乎。」

趙婷的媽媽開玩笑說：「誰讓你這個父親太能幹了，什麼都給他準備好了，你讓他還有什麼動力啊？」

趙凱笑了，說：「那責任還在我了？」

趙婷說：「好啦，你們別爭了，吃飯吃飯。」

趙凱這才不再說話了。

第二天，傅華在機場接到了徐正，徐正倒是沒特別給傅華臉色看，跟傅華握手的時候還微微笑了笑。

將徐正安排在酒店住下之後，傅華請示徐正的行程安排，徐正想了想說：「這一次我們是專門爲了新機場規劃納入國家機場建設發展規劃中而來的，目標是民航總局。這是我們目前最迫切的一項任務，務必要爭取通過。傅主任，民航總局于副局長和張副司長那裏，最近還有聯絡嗎？」

傅華點了點頭，說：「有聯絡，節日都有安排禮品給他們。」

徐正說：「那就好，這次一定要把于副局長給約出來吃頓飯，這麼大的項目在辦公室裏泛泛而談是不行的。」

傅華說：「那這一次恐怕要驚動鄭老了。」

徐正點了點頭，說：「我明天登門拜訪一下鄭老，新機場項目是我們海川幾百萬人的一個心願，希望鄭老看在這點上，幫我們約請一下于副局長。」

傅華說：「好的，我去跟鄭老打個招呼。」

徐正說：「雖然有鄭老出面，我們也不要把所有的希望都寄託在他一個人身上，這個社會是很現實的，對于副局長和張副司長還是要打點一下。沒有利益，他們也不會幫我們的。」

傅華說：「我知道，可是目前辦事處並沒有這部分資金，徐市長您看？」

徐正看了傅華一眼，說：「好啦，放心吧，這部分資金市政府出，就從我的市長基金出，我已經準備好了。」

傅華鬆了一口氣，他知道真要打點于副局長和張副司長這樣的高官，不可能是一個小數目，辦事處的資金也只是維持一般開支和日常招待，真要拿出這麼一大筆資金是很困難的。

行程很快談完了，傅華卻沒有急著離開，他看看徐正，小心的問道：「徐市長，我還有一件事情。」

徐正說：「什麼事情啊？」

傅華笑笑說：「是這樣的，我岳父知道您來北京，跟我說上次您來他正好不在，沒機會盡盡地主之誼，這次想宴請您一下，不知道您能不能擠出一點時間見見他？」

徐正看了看傅華，說：「你岳父，那個通匯集團的董事長趙凱？」

傅華點了點頭，偷眼看了看徐正，他很擔心徐正拒絕這次邀請，那樣就說明徐正對自己還是心存芥蒂的。

徐正看出了傅華的緊張，暗自好笑，心說：你怎麼不像在陳徹那裏那麼張揚了？你這不還是要向我低頭嗎？徐正心裏舒服了很多。

他知道傅華這個人是能幹些事情的，百合集團的事就是一個例子，百合集團順利解決了海通客車的困境，讓徐正對傅華的惡劣印象有所扭轉，他覺得自己這次應該順著臺階下，新機場這件事今後可能需要傅華做的事情還很多，他期望和傅華齊心合力把這個重大項目拿下來。

想到這裏，徐正便笑笑說：「就是再忙，你岳父邀請我，我也是要擠出時間來的。」

傅華暗自鬆了口氣，徐正的表態代表著他們之間的嫌隙開始化解了，便說：「那您看什麼時間比較合適？」

徐正想了想說：「時間安排上不好敲定，我這一次畢竟是來跑新機場項目的，要先看跑項目的時間，你跟你岳父說，等我處理完機場的事再來安排好不好？讓他別介意啊。」

傅華笑說：「對對，應該先安排正事，我想他一定會理解的。」

徐正說：「那行，就這樣吧。」

傅華就離開了酒店。

趙凱聽說了徐正對自己邀請的答覆，說：「你們這個市長還算會做人，好吧，我這幾天都不安排什麼重要的宴請，專門等著他。」

隔天，傅華陪徐正到了鄭老家裏，徐正跟鄭老彙報了新機場規劃這段時間的進展，並說目前是很關鍵的時刻，需要鄭老幫忙邀請于副局長出來吃頓飯，好談談這件事情。

鄭老聽完說：「如果是別的事情我就不參與了，這個事情攸關地方上的發展，我倒是可以發揮一點餘熱；只是我已經很久不出去吃飯了，這樣吧，我叫小于過來跟你們一起吃頓飯吧。小傅倒是無所謂，他經常帶著老婆來，只是徐市長不要嫌棄我這裏的飯菜啊。」

徐正笑說：「鄭老您客氣啦，我能有機會在這裏吃飯那是我的榮幸。」

鄭老就打電話給民航總局的于副局長，問他中午又沒有時間？于副局長聽說老領導叫他來吃午飯，很高興的答應了下來。

中午時分，于副局長趕來了，跟徐正和傅華等人見過面，也就無需介紹，相互握了握手，就在餐桌旁坐下了。

鄭老說：「小于啊，海川是我的家鄉，我這些年已經很少參與地方上的事務了，但這一次有所不同，海川確實需要一個新機場，所以我老頭子願意幫他們說句話來拜託你，你看看他們的情況，只要合法合規，你就幫他們一下，讓他們的申請早一點批下來。」

于副局長立刻說：「鄭老，您說拜託，我可承受不起，您吩咐我就好了。放心，我一定會盡力協助海川市通過審批的。不過，這麼大的案子要通過，需要的條件很多，我可不敢跟您老打包票。」

鄭老點了點頭，說：「小于，你這個人還是這麼實在，實話說，你如果跟我打了包票，那我還不敢相信呢。」

于副局長笑說：「這麼多年了，鄭老還記得當年我的個性啊。」

鄭老笑笑說：「人哪，江山易改，本性難移啊。」

保姆將飯菜送了上來，飯菜以清淡爲主，雖然趕不上飯店豐盛，眾人卻也吃得津津有味。

吃完飯，于副局長下午還有別的事情，讓徐正他們第二天去辦公室找他，就要告辭。鄭老要出去送他，他堅持不肯，徐正和傅華便說要代替鄭老送于副局長。

徐正就和傅華送于副局長出來，等于副局長上了車，徐正說：「要麻煩于副局長爲我們多操操心了。」

于副局長笑笑說：「鄭老吩咐的事情，我一定盡力。」

徐正就和于副局長握握手，手中握著的一張銀行卡趁機遞到了于副局長手裏。

于副局長愣了一下，手往外推，徐正卻不容他推回來，另一隻手也握了過去，看上去就像徐正很恭敬的用雙手跟于副局長握手呢。

于副局長看了徐正一眼，徐正殷情地說：「要麻煩您的事情太多，就先謝謝您了。」

于副局長笑了笑，沒再推辭，徐正也就鬆開手，于副局長便不經意的將卡收到褲兜裏去了。

于副局長和徐正相視一笑，說：「那我明天等你們。」車就開走了。

徐正回頭看了看傅華，笑了笑，說：「我們回去跟鄭老說一聲就走吧。」

兩人就回了鄭老那裏，稍坐了一會兒，也告辭出來。

在車上，徐正因爲順利的將禮送了出去，心情顯得很愉快，他覺得于副局長這裏是開了一個好頭，預示著以後也會進展順利。

徐正高興地說：「傅主任，晚上就不需要安排別的了，可以見見你岳父了，你打個電話給你岳父，看看他有沒有時間。」

傅華趕忙撥了電話給趙凱，趙凱原本就等著徐正，這幾天都沒安排別的事情，接到傅華的電話，就說晚上在「長城飯店」的雲台餐廳恭候徐正。

雲台餐廳位於「長城飯店」的二十一層，是一個旋轉餐廳，可以三百六十度觀看北京的夜景，晚上傅華接徐正到了長城飯店，趙凱已經在那裏恭候著了。

雲台餐廳金與黑的裝飾格調與四壁的詩句相映成趣，地毯、椅背、牆壁、燈罩，甚至連桌上的玻璃轉臺也刻滿了古詩詞，展現著北京古老的文化底韻，讓人充分感受到整個餐廳優雅的氣氛。

傅華介紹了雙方之後，趙凱熱情地跟徐正握手，說：「老聽傅華說起您，終於有機會見到您了。」

徐正笑說：「他沒在背後罵我吧？」

趙凱笑著搖了搖頭，說：「您這麼好的領導，他有什麼理由罵你啊，他在我面前都說您是一個很有能力、肯幹事的領導。」

徐正聽了這話心裏很舒服，說：「徐某自問還當得上這肯幹事三個字，也就是因爲肯幹事，往往會招罵。」

趙凱笑了，說：「徐市長對世事人情真是瞭若指掌，現在這社會啊，偏偏就是幹事的人招罵，這也是沒辦法的事情。」

徐正同意地說：「那是，那是。」

便各論身分坐了下來，趙凱說：「說實話，請徐市長的客是很難選地方的，您見識廣博，大概沒什麼美食沒品嘗過吧？」

徐正笑說：「趙董不要這麼說，好像我們多麼腐敗似的。我們因為工作的關係，不過比老百姓吃得好一點罷了，其實好東西吃多了，基本上都是一個味道了。」

趙凱笑笑說：「我明白，所以我選擇餐廳的時候，真是不好定奪，但為什麼我最後選擇雲台餐廳呢？這裏雖然沒什麼特色，但是『雲台』這個名字意頭很好。」

徐正說：「我明白了，趙董是想說雲台二十八將的典故吧。」

雲台二十八將，指的是漢光武帝劉秀麾下助其一統天下、重興漢室江山的二十八員大將。漢明帝永平年間，明帝追憶當年隨其父皇打下東漢江山的功臣宿將，命人繪廿八位功臣的畫像於洛陽南宮的雲台，故稱「雲台二十八將」

趙凱笑說：「想不到徐市長對歷史這麼熟悉，趙某有點班門弄斧了。我選在這裏請客，也沒別的意思，只是希望徐市長也有出將入相、青雲直上之時。」

徐正明知這是趙凱在拍馬屁，可這馬屁拍得十分雅致，而且意頭實在太好，他也不能推卻，便笑著說：「那真要謝謝趙董吉言了。」

趙凱把菜單遞了過去，問：「徐市長，您看看吃點什麼？」

趙凱雖然謙稱這裏沒什麼特色，可長城飯店也是五星級的酒店，檔次怎麼也不會太差，徐正便說：「這裏我並不熟悉，還是趙董來點吧。」

趙凱便不再客氣，點了極品煲、老湯黑羔羊等招牌菜，還特別介紹了極品煲，說是用魚翅、鮑魚、遼參、鹿筋等名貴食材，燉煮了一百二十個小時才熬製成的，要徐正一定要好好嘗嘗。

酒便點了茅臺，趙凱和徐正都自重身分，就不怎麼鬧酒，倆人慢慢品著，一邊閒聊。

徐正笑著說：「我早就聽說過通匯集團趙凱趙董事長的大名了，今日一見，果然不同凡響。」

趙凱客氣說：「徐市長，您不要這麼說，我趙凱只是賺了點小錢而已。」

「小錢？趙董真是謙虛，我們海川市如果有幾個通匯集團這樣的企業，我這個市長就坐等著享福了，那用得著像現在這樣四處奔波。」

趙凱笑笑說：「大家都有難處，我爲了賺錢，何嘗又不是四處奔波呢？最讓我煩心的是後繼無人，這些後輩都沒人想接我的位置。」

徐正笑說：「這個我倒不擔心，到了年紀我就是不想退休，也會被人攆下來的。」

兩人談得還算投機，趙凱又談起了傅華，說傅華這個人不會說好話，只知道做事，做人又不夠圓滑，有什麼不周到的地方，要徐正多批評指正。

徐正笑說：「傅主任這個人確實是個有能力的幹部，肯做事，我很喜歡這樣的屬下，要那麼圓滑幹什麼，只會說好聽的，又幹不了什麼事。」

趙凱微笑說：「這是傅華運氣好，遇到了您這樣的好領導。」

傅華聽了心裏都感覺到肉麻，表面上卻笑笑說：「是啊，我在駐京辦能做一點事情，全靠徐市長對我的大力支持。」

徐正搖了搖頭，說：「不要這樣說，不要這樣說。」

趙凱笑說：「傅華說這話倒是真心話，其實我也意識到了接班人的問題，幾次想邀請他到我的通匯集團，畢竟通匯集團將來都是他們的，可是他就是不肯，說市裡的領導對他這麼好，他不能拋下駐京辦不管。徐市長，這一點我很佩服您啊，您能攏得住人，能攏住人才能做好事情。」

宴會本來沒什麼主題，就是趙凱作爲傅華的岳父和海川大廈合作方之一，想要對徐正表示歡迎的友好態度，於是在互相吹捧中，氣氛顯得十分和諧。

散席時，趙凱和徐正已經把臂言歡了，趙凱最後送了徐正兩盒頂級的龍井茶，說是真正的龍井，產地是獅、龍、雲、虎中的虎跑。

徐正十分高興地說：「趙董，您這麼做我就不好意思了，您看我這又吃又拿的。」

「徐市長跟我還客氣什麼，我們能相聚就是緣分。」趙凱禮貌地說。

趙凱自行離開後，傅華將徐正送往酒店。徐正雖然沒喝多少，可是已經有些微醺，一路上都閉著眼睛，傅華也不敢打攪他，就這麼到了酒店。

車停下來，傅華給徐正開了車門，徐正下了車，傅華也跟著進去，徐正回過頭來，說：「你岳父這個人挺有意思的。」

傅華不知道徐正說這話有什麼含義，不好接話，只好笑了笑。

徐正說：「行了，你跟著我也跑了一天了，不用上去了，回去好好休息，明天早點過來，我們去民航總局。」

「那您早點休息。」

徐正就進了電梯，上樓去了。

傅華轉身離開酒店，到了家裏，傅華打電話給趙凱，今天趙凱之所以做這一切，其實都是爲了他好，傅華心中是很感激的。

「今天謝謝您了，爸爸。」

趙凱笑笑說：「客氣什麼，徐正回去了？」

「回去了。」

「他說什麼了嗎？」

「只說您這個人挺有意思的，其他沒說什麼。」

趙凱笑了，說：「哼，你們這個徐市長是個聰明人，他聽出了我話中有話，這個人學識也可以，可惜就是氣度不大。老人說人有多大的心胸，就能做多大的事業，這個徐正，怕是不能有更大的發展了。」

傅華笑說：「市長這個職務放在古代，就是知府了，多少人都做不到這個位置。徐正做到這一步也算很不錯了。」

趙凱說：「我是說他沒太大的發展了，其實以他的能力，應該能再上一步才對。」

傅華說：「哦，對了，您說您話中有話，這是什麼意思啊？」

趙凱笑笑說：「這一晚上我不是光拍他的馬屁了，我也提醒他，一個人想要做點事情，是需要很多人來幫助他的，如果他不能拉攏住人，什麼事情也做不了。同時，我也告訴他，駐京辦並不是你唯一的選擇，你隨時都可以離開，離開後甚至還有更好的去處，他不要以為他當這個市長就可以隨便欺負你。我想他一定是想明白了這些，才會說我這個人有意思。」

傅華說：「爸爸，您真是的，有這個必要嗎？」

趙凱嚴肅地說：「當然有必要，人有些時候是要硬氣一些的，別讓他覺得可以隨便擺弄你，就算他是市長也不行。再說，我趙凱的女婿豈是這麼好欺負的。」

第二天，傅華一早就去接了徐正，到民航總局，于副局長已經等在辦公室了。

于副局長說：「我叫張副司長和蔣處長一會兒過來，你們這個項目審批的報告在他們手裏，你們把情況跟他們彙報一下，他們那裏也很重要，現在有人說，我們這些部委都是處長在當家，回頭你們好好安排一下，知道嗎？」

徐正點了點頭，說：「我明白的。」

于副局長就撥了電話，說：「老張，海川市的人已經來了，你們過來吧。」

過了一會兒，張副司長領了一個四十歲左右的男子進來，介紹說這就是蔣處長，海川新機場的審批報告在他手裏。

徐正趕忙熱情地跟蔣處長握手，于副局長說：「徐市長，你把情況說一下吧。」

徐正早就做了準備，就把海川市新機場的規劃設計系統的彙報了一下，講完後，于副局長說：「老張、老蔣，你們是正管，這件事情已經進入實質操作階段，要怎麼做你們最清楚，這件事情我就交給你們了。」

張副司長立刻說：「放心吧，于副局長，我們會做好這件事情的。」

于副局長說：「那好，徐市長你跟他們去吧。」

張副司長和蔣處長就往外走，徐正問于副局長：「要不要一起出去吃頓飯？」

于副局長搖了搖頭：「你跟他們安排吧，我就不去了，我去了他們反而會拘束。這件事情我會注意的，你放心吧。」

徐正和傅華就和于副局長握了握手，跟著張副司長和蔣處長去了他們的辦公室。

蔣處長跟徐正講了要注意的事項，徐正一一認真的記錄了下來。講完後，徐正說：「兩位幫我們忙活了半天，一起吃頓便飯吧。」

張副司長說：「我下午還有事情，中午不行。」

傅華連忙說：「那晚上，晚上。」

這一次張副司長沒有推辭。

傍晚下班的時候，傅華和徐正一起接了張副司長和蔣處長，在張副司長的建議下，去了崑崙飯店的上海風味餐廳去吃蟹宴。

傅華去過上海餐廳，知道那裏價格昂貴，不過這是張副司長提出來的，自然不好反對。幸好他知道今晚的花費不會少，預先備了信用卡。

再次走進這宛若月華輝映下、江南望族宅邸一般的上海風味餐廳，那小橋流水、翠竹婆娑，仍然讓傅華感受到一股旖旎風情。

張副司長和蔣處長熟門熟路的進了上海餐廳，坐定之後，就點了清蒸大閘蟹、津白蟹粉和蟹粉龍鬚麵等招牌菜。吃蟹宴自然是喝黃酒，就點了紹興花雕。

酒桌上不談正事，徐正放下市長的架子，極力的勸酒。黃酒喝起來又很可口，很快他們就一個個面紅耳赤起來。

酒宴結束的時候，徐正和張副司長、蔣處長已經稱兄道弟起來，在親熱的拉扯中，徐正和傅華按照預先的安排，將銀行卡塞到了張副司長和蔣處長的衣兜裏，這才是今晚的主軸，沒這些，前面的鋪排都是沒用的。

又將張副司長和蔣處長各自送了回去，傅華將徐正送回酒店，徐正下了車，傅華說：「徐市長您早點休息。」就要轉身離開。

徐正卻說：「傅主任，我聽他們說，以前你經常跟曲市長一起喝茶聊天，怎麼樣，要不要跟我上去聊聊？」

傅華愣了一下，旋即笑著說：「好哇，我求之不得。」

「那上來吧。」

傅華就跟徐正去了他的房間。

徐正說：「正好你岳父昨天送了我一罐龍井，我們一起嘗嘗。」

傅華笑笑說：「那我可就有口福了。」

便用兩隻玻璃杯泡了茶，香氣四溢，碧綠的茶水中，一個個尖尖的茶葉嫩芽分外好看。

徐正喝了一口，滿足地說：「不錯，不錯，果然是正宗的龍井。」

傅華也喝了一口，茶確實很不錯，不過，他不知道徐正這麼晚叫自己上來究竟要談什麼，偷看了一眼徐正，坐在那裏沒說什麼。

徐正看著窗外，說：「傅主任，你跟曲市長也這麼跑過項目嗎？」

傅華搖搖頭說：「曲市長在任的時候，我接手駐京辦主任的時日尚短，市裏那時候也沒這麼大的案子需要去跑。新機場這個項目還是我第一次開始跑部委。」

「其實，我們新機場項目各方面都是很好的，曲市長在任的時候也很想搞這個項目的。」

「我知道，只是因爲種種因素，曲市長暫時擱置了這個項目。」

「可是我們這個各方面看上去都不錯的項目跑起來，仍然需要做這麼多臺面下的工作，這你能理解嗎？」

傅華笑說：「我雖然很不贊成，可是我能理解，我們要發展新機場就需要資金，雖然我們的新機場規劃各方面都符合要求，可符合要求的項目太多了，資金就那麼多，要

想爭食這不大的餅，是需要付出一點代價的。」

徐正笑笑說：「你能理解這一點，我很高興，我這兩天做這些事情，都是爲了市裡新機場項目，個人一點私利都沒有的，不過看在有心人眼中，怕就不這麼認爲了，所以我希望這兩天發生的事情你要保密，你明白我的意思嗎？」

傅華看了徐正一眼，說：「您放心，這件事情我不會對外講一個字的。」

徐正嘆了口氣，說：「跟你說實話吧，傅華，我現在在海川市真有如履薄冰的感覺，可能你也聽說了，前不久有人向省裏舉報我，說我幫海雯置業拿地，是因爲我跟海雯置業的老闆娘有曖昧關係。」

傅華心裏一驚，這裏面難道還有吳雯什麼事情嗎？

徐正繼續說道：「其實，我只是因爲別人的囑託，去吃過幾頓飯而已，拿地的事情根本就與我無關。寫檢舉信的人是無中生有，不過，這件事情給我一個提醒，提醒我現在的一舉一動都有人在關注著，所以我不得不防啊。」

傅華說：「這倒是，害人之心不可有，防人之心不可無啊。」

徐正看了看傅華，說：「你說得對，防人之心不可無，本來這個風口浪尖我不應該來北京跑什麼項目的，誰都知道跑項目是要很多花費的，這裏面很多的費用都無法說清楚。如果海川全體上下都支持，不會成什麼問題，但現在有些人在背後盯著我，想找我的麻煩，這就成了問題了。可是華東局偏偏在這個時間點上將報告遞了上來，新機場項目對海川來說十分重要，又容不得我不來，所以我只好跑來了。說一點自私的話，我這麼做，是想在海川留下我徐正的一點印記，將來人們看到海川新機場，他們會說這是徐正任內建設的，那我就心滿意足了。」

爲官一任，造福一方，傅華對徐正這種想法很是欣賞，便說：「徐市長您這怎麼是自私呢？您這是在爲了海川市民謀福利呢。您這是爲了大局著想，我想明事理的人都不會找您的麻煩的。」

徐正笑笑說：「不用給我戴高帽子了，這也是我個人想做一點成績出來。現在爭權奪利的多，明事理的人少，目前就我的感覺，要一下子啓動這幾十億的項目，確實有很大的難度。曲市長當初退縮，也是有其退縮的道理的。」

傅華笑笑說：「我覺得目前進展很順利啊，我看于副局長和張副司長、蔣處長和我們目前關係處理的都很好啊。」

徐正搖搖頭說：「這只是剛開了一個頭，後面要處理的關係還有很多，一個個都這麼應付下來，這個花費是十分巨大的。」

傅華有些不明白爲什麼徐正突然表現出這種畏難的情緒，通常一個領導是不會在下屬面前這麼做的，這會損害到領導的威信的，他有些不知道該如何應對，便笑笑說：

「相比我們得到的，付出還是很少的。」

徐正說：「大家雖然都這麼說，可是真正要查起來，這還是不合規定的。所以我有些時候真是有些糾結，如果能夠通過正規程序，不需要這些私下運作就能把項目跑下來該多好，可是在這僧多粥少的情況下，顯然是不可能的。」

傅華笑笑說：「對啊，除非放棄，我們沒別的選擇，只好硬著頭皮做下去了。」

徐正點了點頭，說：「傅華，你說的很對，爲了海川，我也只有硬著頭皮做下去了。我之所以跟你說這些，是想告訴你一件事情，千萬不要以爲我們跑這個項目就是送送禮這麼簡單，可能出現的問題很多，攻擊我們的，甚至可能包括我們身後的這些同事，所以你要做好應對的必要心理準備。」

傅華看了看徐正，他感受到了一絲悲壯的氣息，他心裏還是很願意配合好這位肯幹事的市長的，這時候，他覺得徐正除了心眼小一點之外，倒也算是一個不錯的上司，便說：「您放心吧，徐市長，我會謹慎小心的。」

徐正點了點頭，說：「你明白這一點就好。項目目前進展順利，與你的工作努力也是分不開的，這一點我是明白的。但是目前我們還只是開了一個頭，革命尚未成功，同志仍需努力。爲了海川的新機場，讓我們齊心協力，共度難關吧。」

徐正還是第一次這麼正式的稱讚自己，傅華心中有些激動，說：「我一定盡全力做好我應該做的事情。不會讓您失望的。」

徐正拍了拍傅華的肩膀，笑笑說：「我也很慶幸有你這麼個駐京辦主任幫我，讓我少了很多後顧之憂啊。好了，時間也不早了，你回去休息吧。」

傅華有一種被信任的感覺，彷彿又回到了曲煒任市長的時代，他激動地說：「那我走了，您也早點休息。」

傅華離開了，雖然時間已經很晚了，可徐正並沒有急於休息，他坐在那裏若有所思。

昨晚徐正認真的思考了在宴會上趙凱說的話。趙凱表面上在褒揚徐正，可徐正並不是笨蛋，本來就多疑的他聽出了趙凱的另一層意思。趙凱是在變相的告誡他，別以爲做市長的就是老大，這些下屬如果不幫他，市長也是什麼都做不成的。

這引起了徐正的警惕，這幾次來北京跑民航總局，跑發改委，居中起作用的都是傅華的人脈關係。那個德高望重的鄭老更是拿傅華如同自己的家人。

徐正意識到，雖然少了傅華，項目不一定不會成功，可是少了他，跑起來就不一定這麼順遂了。看來傅華的作用是很大的。

但一直以來，徐正對傅華是很冷淡的，即使是百合集團兼併海通客車獲得了很大的成功，他也就是在高豐面前說了句「傅華很有工作能力」這樣不鹹不淡的話，甚至後來也沒對傅華特別給予表揚。趙凱是不是在爲傅華抱怨叫屈呢？一定是的，要不然趙凱也不會說什麼要傅華去通匯集團之類的話。

想到這些，徐正心裏很不舒服，原來趙凱並不是真心的邀請自己吃飯啊。這個傅華也是的，相信他肯定沒少在趙凱面前抱怨自己。一個小小的商人竟然敢如此對待自己，簡直是豈有此理。

如果換在平常，徐正肯定會想辦法換掉傅華了，就算不換掉他，也會將其打入冷宮。你即使再有能力，領導者的權威也是不容你挑戰的。但是目前徐正在海川危機四伏，孫永和秦屯對他虎視眈眈，他在這時候不能再樹敵了。

尤其是根據徐正的瞭解，傅華是少數幾個當初同時受孫永和曲煒器重的官員之一，在海川也有很高的民望。且不說動不動得了他，就算能動得了他，可能結果也會得罪一批在海川有能力的人士。這對徐正是得不償失的。

同時，徐正這個代市長需要在海川獲得足夠的支持才能轉正，爲了能讓自己得以順利通過扶正，徐正甚至克制住了報復秦屯的念頭，而傅華這種人是目前他最不能得罪的，傅華可以影響的人很多，如果真的開罪他，有人就可能出於爲了替傅華抱不平而投票反對他。

這就是爲什麼徐正敢得罪孫永，卻在這時候不敢得罪傅華的原因。徐正經過政治精算，知道在自己市長轉正這個事情中，孫永跟他目標是一致的，而傅華就不存在這種立場了。同時，新機場項目也確實需要傅華的配合。徐正經過一夜的深思熟慮之後，決定對傅華暫且加以籠絡使用，等新機場項目跑下來且自己轉正之後，再來跟傅華慢慢算這筆賬。

徐正今晚跟傅華的談話，便是給自己營造出一個肯做事、也肯爲了做事而犧牲的形象，營造出一種同患難的氣氛，目的就是想打動傅華。

在自己的一番說辭之下，傅華果然作出了一副忠心耿耿效忠的樣子，這讓徐正心裏暗自好笑，小人物好糊弄就是這樣，你給他一口好氣，他就會俯首貼耳了。

徐正因爲趙凱那番話而彆扭的心情也舒服了很多，心說：你們還想跟我玩，真是不知天高地厚。

一石三鳥

「這樣做，一方面可以將你供股的資金全部回流到你開曼群島的公司，另一方面，因為優質資產的注入，股價肯定會大幅上揚，到時候，你可以維持一股獨大的地位，同時做到套現融資的根本目的，可謂一石三鳥。」

在徐正和傅華忙著跑民航總局的時候，伍奕也在展開他資本運作的大動作了。他付了代理費之後，就飛往香港，去跟江宇碰頭。

江宇見到伍奕，說：「伍董，我們幾家公司已經實際掌控了港通電機百分之七十的股份，可以說基本上控制了這家公司，下一步，你就可以正式入局了。」

港通電機是江宇為伍奕選擇的空殼公司。

伍奕高興地說：「太好了，內地的收購審批我也跑得差不多了。你就說我們要怎麼辦吧。」

江宇說：「簡單，我們要展開供股，首先就由港通電機發佈公告，為了增加公司的營運資金，以全數包銷的方式向你在開曼群島註冊的公司定向增發股份，讓這個公司正式成為港通電機的第一大股東。」

伍奕問道：「那要供多少股？」

江宇說：「一下子要取得絕對的控制權，必須供到足夠的數額，我想五億股應該足夠了。」

雖然江宇這段時間在不斷的吸納港通電機的股份，可是他的運作手法十分的巧妙。港通電機的股價不但沒有上升，反而大幅下挫，這讓伍奕對他更是佩服得五體投地。此次供股按照市價略加折讓的價格，每股的價格已經不足兩毛錢了。

供股只是手段，並不是目的，伍奕很關心如何將山祥礦業置於上市公司之中，便說：「那下一步呢？」

「你現在不是在審批你開曼群島註冊的公司收購山祥礦業的收購案嗎？只要獲得批准，我們再讓港通電機以現金加代價股收購開曼群島公司百分之六十的股份，這樣不就是讓你的山祥礦業置於上市公司之中了嗎？這樣做，一方面可以將你供股的資金全部回流到你開曼群島的公司，另一方面，因爲優質資產的注入，股價肯定會大幅上揚，那時你再出售部分股份套現，到時候，你一方面可以持有一個上市公司，維持一股獨大的地位，同時做到套現融資的根本目的，可謂一石三鳥。」

伍奕笑說：「江董肯定在這其中也收益不菲吧？」

「我自然不會白忙，不過相信伍董肯定是獲益最大的。」

伍奕問道：「不過，什麼是代價股啊？」

「所謂代價股，是指香港這全流通證券市場，上市公司最常用的併購支付方式，即收購某一資產時，不用現金支付，而以增發的本公司股份支付該筆股份的價格，原則上以當時該公司股票市場交易價爲準，經買賣雙方討價還價，也可以在交易價的基礎上溢價或折讓，該筆用於購買資產的股份便稱之爲代價股。」

伍奕笑笑說：「那就按照江董的想法去做吧。」

益？」

「那祝我們合作成功。」

兩人用力的握了握手。伍奕又問：「江董，你說這麼做，我們可以獲得多大的收益？」

江宇笑笑說：「很難說。」

伍奕說：「你就臆測一下，讓我心中大致有個數。」

江宇笑笑說：「這真的不好臆測，我跟你說一個同樣購買仙股很成功的例子吧，你知道李澤楷先生吧？」

伍奕點了點頭，說：「李嘉誠先生的小兒子，我知道，現在很多人都叫他小超人。」

江宇說：「他能成爲小超人，就是因爲他財技驚人，有人說，他一天就賺足了李嘉誠先生一輩子的錢。其中最經典的例子，就是他購買了一家空殼公司，然後成功將其運作成了高科技公司。市值翻了二百多倍。就在他買進這家空殼公司的當天，那家公司就因爲李澤楷的進入升值了廿三倍。李澤楷運作這個案子的方式，跟我們運作港通電機的方式是一樣的，他也是採用供股和代價股的方式，取得了那家公司百分之七十五的股東權益。」

江宇說的是一九九九年五月四日，李澤楷購買一間市值三億多港元的空殼上市公司——「得信佳」，在取得該公司的控制權後，李澤楷將「數碼港」發展權益無條件注入「得信佳」，並將「得信佳」更名爲盈動數碼動力，主營高科技業務，成功實現借殼上市。受到市場狂熱追捧，使其搖身一變成爲高科技概念股，市值達到六百億港元。

幫助李澤楷運作的人，是香港以運作紅籌股出名的梁伯韜，也是一個金牌莊家。

伍奕的臉因爲興奮變得有些通紅，激動地說：「當天就二十三倍？這麼厲害？」

江宇笑笑說：「他是李嘉誠的兒子，你跟他沒辦法比的。不過我想你正式入局的話，港通電機的股價當天翻個五六倍應該沒問題。這個能力我還是有的。等你併購山祥礦業被通過之後，股價再升個幾十倍沒問題。做不到這個程度，我就不好意思稱什麼金牌莊家了。但是你如果也想要做小超人，我就沒那個能力了。」

伍奕笑得更加開心了，說：「我不想做什麼小超人，只要能達到江董跟我說的程度就行了。那我就萬事拜託江董了。」

於是，港通電機正式發佈公告，公司發行五億股新股，全部由伍奕獨資的開曼群島的離岸公司以現金收購，自此，伍奕正式成爲港通電機的絕對大股東。伍奕的身分背景很快就被香港的財經雜誌和報刊找了出來，他收購港通電機，明顯是想將其掌控的山祥礦業資產置於港通電機之中，港通電機的公眾股在這一利多消息的刺激下，連翻了五倍。

隨即在董昇的運作之下，商務部外資司批准了伍奕的收購案。整個資本運作最關鍵的一環被打通了。不久，港通電機就以現金加代價股收購了伍奕開曼群島公司的六成股份。此時山祥礦業的價值，在江宇找會計師事務所的評估運作之下，已經溢價了十倍。

在這一連串的利多之下，港通電機的股價接連上揚，已經超過每股十元，市值達到五十多億元。港通電機也正式更名爲「山祥礦業」，伍奕終於達到把公司運作上市的最終目的。

江宇手中持有很多的公眾股，自然也是賺了不少。伍奕在保留了百分之六十一的股份之後，將剩餘的股份套現，得到了一筆豐厚的資金，也達到了他融資的目的。

這一番運作下來，伍奕的資產成十倍的增長了，已經有人預估他會成爲下一屆富比士大陸富豪榜上有名的人物了。

北京，下午。再出現在駐京辦的伍奕氣度已經大大的不同了，連走路的樣子都是昂首挺胸的，一副志得意滿的樣子。

傅華正在辦公室裏，徐正在北京打點好相關的關係之後，就回海川了，這段時間一直是傅華在跑民航總局，配合張副司長他們遞遞文件之類。今天沒什麼事，就坐在辦公室喝茶看報紙。

看著一身名貴西裝的伍奕，傅華打趣說：「伍董，這麼精神啊，我都有點認不出來了。是不是富比士雜誌要來採訪你了？」

伍奕乾笑了一下，說：「傅老弟，你就別來笑話我了，什麼富比士啊，我可不想讓他們採訪，上了那個榜還不等著倒楣嗎？」

傅華笑說：「不過，你這身西裝確實很不錯啊，我還是第一次看到你穿西裝呢。」

伍奕說：「我哪裡喜歡穿這個，是江宇說，我現在是上市公司董事會主席了，穿著要體面些，怎麼樣，這套西裝還不錯吧？」

傅華打量著說：「不錯，不錯，人要衣裝，這套衣服穿起來，還真有那麼一點上市公司主席的味道。」

伍奕說：「別笑話我了，我知道自己，我是穿上龍袍不像太子的，傅老弟如果喜歡這個，我領你去買幾套。」

傅華笑著搖了搖頭，說：「我的衣服都是我老婆在打點，你還是不要剝奪她這項樂趣比較好。」

伍奕笑笑說：「隨你了。誒，這個給你。」說著，伍奕將一個紅包塞到了傅華手裏。

傅華愣了一下，問道：「這是什麼？」

伍奕笑笑說：「我公司成功上司，一點隨喜。」

傅華打開紅包，裏面是一張銀行的金卡，便遞了回去，說：「這我可受不起。」

「別呀，老弟，你這次幫了我大忙，你不接受我可是要生氣了。」

傅華搖搖頭說：「伍董，你覺得我缺錢用嗎？」

伍奕笑說：「我知道你丈人家有錢，可那是你丈人家的錢，你用起來總是不方便的，男人嘛，也要有一點私房，不然做點什麼小動作也是很不方便的。」

傅華堅決地將卡塞回給了伍奕，說：「這我不能要。」

「你就這點不好，弄那麼清高幹什麼，一點小錢而已。」伍奕站了起來，將卡扔在桌子上，有點霸道的說：「別跟我爭了，我要去見董律師，走了。」

傅華急道：「你就是扔在這裏我也不能收，要不然的話，我可要上交了。」

伍奕頭也不回地往外走，扔下一句話說：「隨便你了，反正是給你了，你愛怎麼處理就怎麼處理吧。」

傅華苦笑了一下，就把高月叫了進來，讓高月把卡收好，找機會還給伍奕。

高月笑笑說：「傅主任，我舅舅既然給你了，你就收著吧，他是真心要感謝你的。」

傅華堅持說：「我不收這種錢的，你幫他收好。」

伍奕在車裏撥通了董昇的電話，說自己到北京了，問董昇現在在哪裡，董昇說：「我現在在當事人這裏談事情，晚上一起吃飯吧。」

兩人就約了吃飯的地點。

晚上，伍奕在約定的飯店雅座裏等候，董昇和一個漂亮的三十多歲的女人走了進來。看兩人的神情似乎十分親密。

伍奕愣了一下，這個女人並不是徐筠，便用眼神詢問董昇這個女人是誰。

董昇介紹說：「這是我的朋友小王，網友，原本約了晚上一起吃飯的，就把她帶來了。」

伍奕笑說：「想不到董律師還這麼時髦，還玩會網友這樣年輕人的遊戲。」

董昇笑笑說：「伍董你弄錯了，不論哪個年齡都是有網友的，網友是一種心和心的交流。不是只有年輕人才有網友的，再說，人最重要的是保持一個年輕的心態，心不老，人就不老。」

伍奕心說：我看你這個樣子不是心和心的交流，你們大概是身體的交流才對，不過，他並不是道德君子，也懶得干涉董昇的私事，就笑著讓董昇點菜。董昇把菜單遞給了小王，讓小王去點，一邊去握著小王的手揉搓著，一副十分親暱的樣子。

小王點好了菜，董昇這才把注意力轉移到了伍奕身上，問道：「你香港那邊都辦好了？」

伍奕點了點頭，說：「都辦好了，比預期的理想。謝謝董律師了。」說著，伍奕也把一個紅包遞給了董昇。

不過，這紅包的內容跟給傅華的是有差別的，對傅華，伍奕是真心感謝，而他已經付給董昇律師代理費了，這次給董昇的只是一個隨喜的紅包，主要是董昇一再打電話給他，問他對這次上市的運作是否滿意，話裏話外都是想要討賞的意思，讓伍奕有點不勝其擾。加上他也想對傅華表示感謝，這才專門跑到北京來了。

董昇沒有推辭，說了聲謝謝，就將紅包收了去。

這頓飯讓伍奕吃得十分的膩味，董昇的目標並不在吃飯上，一直在跟小王膩膩歪歪的，讓伍奕感到十分的彆扭，心說這個董昇果然不是什麼好鳥，一邊傍著徐筠，一邊還跟不三不四的女人勾勾搭搭。

他倒不是什麼正人君子，他也在娛樂場所玩過，他不喜歡的是董昇在吃飯的時候當著自己的面弄這一套，讓他感覺有點不被尊重。

因爲沒什麼事情，這頓飯就很快結束了。董昇摟著小王便上車離開了。

伍奕正要離開時，手機響了，一看是高月的電話，接通了，高月說：「舅舅，你給傅主任的紅包他不要，在我這裏，你什麼時間來我這兒拿回去吧。」

伍奕不高興的說：「你這孩子，管這件事情幹什麼，傅華不要，你讓他自己找我退啊。」

高月說：「他是我上司，他說什麼我就要做什麼，我哪裡敢跟他講條件，這麼貴重的東西我可不敢保管，你趕緊來拿走啊。」

伍奕說：「好啦，我明天過去。」

第二天，伍奕去了駐京辦，傅華卻不在駐京辦，他去了裝修工地。

高月見到他，趕忙把紅包給了他，說：「舅舅，你們的事情還是你們自己處理吧，別把我夾在中間爲難。」

「這個傅華也是的，膽子夠小的，就這麼點東西也不敢拿？好啦，我去工地找他。」

到了工地，傅華正在大廈要做餐廳的樓層看工人裝修，見到伍奕，便說：「伍董你來了正好，你看這個餐廳的裝修可符合我們海川的風格？」

伍奕笑說：「你問我這個大老粗？我懂什麼海川風格啊？」

傅華說：「我想弄出海川海邊的樣子，讓在京的海川人能體會到家鄉的風情。」

伍奕看了看說：「大體的輪廓倒是很像。」

傅華解說著：「現在還沒裝修好，如果將來弄好了，坐在這裏吃飯，會不會有回到海川的感覺？」

伍奕笑說：「教你這麼說我真有些饞了，如果能在這裏吃到道地海川風味的菜色，那和回海川還真有些相似。不過我走過不少地方，還真找不到能做出正宗海川風味的餐廳。」

傅華笑說：「我打算從海川請廚師，口味一定道地。」

伍奕說：「看來你對這裏還真是用心了。」

「這裏將來就是我的根據地，我不用心能行嗎？咦，你來找我有事嗎？」

伍奕將紅包拿了出來，說：「老弟，我這次專程來北京，就是爲了感謝你對我的幫忙的，你把這退回來算怎麼回事啊？你就一點面子不給我？」

傅華笑笑說：「你這份心意我領了，可是我從來不收這樣的錢的。」

伍奕有點惱怒地說：「我是真心感謝你，不然我也不用專程跑這一趟，你不收可是不對的，你這不是讓我下不來台嗎？」

傅華被弄得不好意思了，他看了看伍奕，撓撓頭說：「伍董，我真的不能收。」

伍奕火了，說：「那你就是不當我是你的朋友了？」

傅華這時忽然想到了一個辦法，便笑說：「好啦，我收下就是了。不過我收下後，這筆錢就由我處置了？」

伍奕懷疑地看了看傅華，說：「你可別給我捐了，那就好比在罵我一樣，要捐誰不能捐？」

傅華笑了笑說：「哎，收你的錢還這麼多條件。好啦，我不捐就是了。」

伍奕愣了一下，傅華突然這麼痛快，讓他十分詫異，便問道：「那你說說要拿這筆錢怎麼辦？」

傅華說：「伍董，你看啊，我不在駐京辦做主任的話，可能也幫不上你的忙，對吧？」

「對啊。」

「那我把這筆錢用在駐京辦上，你沒意見吧？」

「這個……」

「海川大廈落成時，我想召集在京的海川人士好好的聚會一次，讓大家也認認海川駐京辦的門，可舉辦聚會的這筆資金還沒著落呢，本來這幾天，我還想四處去化緣湊集資金呢，你這下可是幫了我大忙了。」

伍奕說：「你這不還是捐出去了嗎?你如果沒聚會的經費，我可以再捐助給你，但是這筆錢……」

傅華打斷了伍奕的話：「伍董，你如果這麼說，那我可一分錢都不能拿了，朋友是不強人所難的，你就按照我說的，大家算是互相幫忙，好吧？」

伍奕見傅華十分堅持，搖了搖頭說：「好吧，好吧，就算我爲你們駐京辦做貢獻了。」

傅華笑笑說：「謝謝，到時候，我會打出本次聚會是由山祥礦業贊助的字樣的。」

伍奕無奈的笑了笑說：「隨便你了，真拿你沒辦法。」

傅華將紅包收了起來，然後問道：「你去見董律師了？」

「見了，這個董律師真是不靠譜，答應跟我見面吃飯，卻拉了一個不三不四的女網友來，在我面前黏黏糊糊的，讓我飯吃得都不自在。你說他那麼大的人，還玩什麼網友見面遊戲，說什麼是心和心的交流，媽的，我看根本是床上交流才對。」

「伍董這是在說誰啊？」章鳳一腳踏了進來，正好聽到伍奕後半截話，就問道。

伍奕笑笑說：「還有誰啊，董昇董大律師啊，你沒看他跟那個叫小王的女網友的膩味勁……」

傅華知道章鳳跟趙婷、徐筠走得很近，怕伍奕的話被章鳳傳到徐筠的耳朵裏，趕忙打斷了伍奕的話，笑說：「伍董，章總來了，我跟她還有事情要談，紅包我已經收了下來，你先回去吧。」

伍奕一時還沒反應過來，說：「你趕我走幹什麼，我也沒什麼事情。」

傅華說：「我不是要急著趕你走，我跟章總還有點裝修上的事情要談，怕你聽了會很枯燥。」

傅華一邊說，一邊衝著伍奕眨了眨眼睛，伍奕這才會過意來，想到打高爾夫時，章鳳和徐筠顯得那麼親熱，知道自己可能說了不該說的話了，便立刻說：「是啊，聽你們說公事是挺悶的，那你們談，我先走了。」

伍奕離開後，章鳳看著傅華，問道：「傅華，你有什麼裝修上的事要跟我談啊？」

傅華窘了一下，他是不要讓伍奕繼續說董昇會網友的事情，並不是真的要跟章鳳談什麼裝修，爲了掩飾，便隨手指了一處正在裝修的地方，說：

「章總，你看這裏，我覺得有點不太自然，是不是可以這樣改一下？」

章鳳並沒有看向傅華所指的地方，反而盯著傅華的眼睛，笑咪咪的說：「真的嗎？」

傅華越發窘迫，乾笑了一下，說：「你別盯著我看，你看看這個地方。」

章鳳呵呵笑了起來，說：「傅華，你別裝了，是不是你們男人都喜歡幫朋友遮掩這些情人跟幽會之類的醜事啊？」

傅華也笑了，說：「好啦，我承認被你看穿了，我沒什麼要跟你討論的裝修問題好吧。」

「你還沒回答我的問題呢，是不是你們都喜歡相互掩飾朋友的醜事啊？咦，是不是你做這樣的事情，朋友也會幫你掩飾，這是一種規矩什麼的，所以你才一再掩護董律師的。」

傅華急說：「章鳳，你可別瞎說啊，我從來沒背著趙婷做過這樣的事情。」

章鳳冷笑一聲，說：「你們這些臭男人，什麼事情做不出來！那你說，為什麼一而再的幫董昇掩飾？」

「我哪有一而再，就這一次好吧？」

章鳳冷冷的看著傅華，說：「別裝了，我後來想起來為什麼我覺得董昇面熟了，你那晚把我扛出酒吧時，遇到的朋友不就是董昇嗎？當時他身邊那個的女人可不是徐筠。」

傅華笑說：「原來你恢復記憶了。」

章鳳瞪了傅華一眼，說：「別嬉皮笑臉的，你今天要給我一個很好的解釋，否則別怪我揭發你們。」

「好啦，我跟你解釋，首先，我是可沒做過這樣的事情，這一點你要相信我。」

「好啦，我相信你，那董昇呢？」

「董昇確實是很濫情，不過徐筠似乎很迷戀董昇，那次董昇過生日，因爲董昇不肯說要跟徐筠結婚，當時的場面鬧得我們這些在場的人都覺得兩人就要分手了，可轉過頭來，董昇一哀求徐筠，徐筠就又投入了董昇的懷抱。這種狀況下，我們這些朋友就沒有必要再枉做小人了吧？」

章鳳愣住了，徐筠迷戀董昇的情形，她多多少少是見到一些的，那天打高爾夫的時候，徐筠對董昇的好，看得章鳳都覺得肉麻。如果自己去揭發董昇外面有女人，徐筠會不會鬧一鬧之後，就經不住董昇哀求又軟化下來呢？那個時候，還真像傅華所說的是枉做小人了。

章鳳困惑地說：「那我們就這麼看著徐筠被欺負？」

傅華見章鳳並沒有堅決想要揭發董昇的意思，心裏鬆了一口氣。章鳳和趙婷不同，她是一個很有心計的女孩子，不像趙婷心直口快，有什麼說什麼，她只要不想揭發，就一定會在徐筠面前掩飾得很好的。

傅華說：「其實有些時候，被蒙在鼓裏未嘗不是一種幸福，起碼她活在自己營造的美好氛圍中，我感覺可能徐筠因爲太迷戀董昇了，一直不肯面對現實，就算董昇對她那樣，她還是相信董昇的話，甘願跟他在一起，你又何必打破她營造的假象呢？」

章鳳氣憤地說：「你們這些臭男人，總是有這樣那樣的歪理。」

傅華笑說：「我這是爲了徐筠好，你也不想看她痛苦的是吧？」

「徐筠真是一個被迷住眼的傻女人，其實董昇有什麼好，有什麼離不開的？」

傅華心說：你當初不也是被男人迷得借酒澆愁嗎？現在倒有嘴來說徐筠了，人啊，還真是當局者迷。

傅華笑笑說：「這只有徐筠自己清楚了，我們就不要干涉她了。」

章鳳只好說：「好吧，我不去告訴徐筠就是了，反正我也不是喜歡八卦的人。」

海川，市政府秦屯的辦公室。秦屯接到了海盛置業的老總鄭勝的電話。

鄭勝在電話裏笑呵呵說：「忙什麼呢，秦副市長，最近倒是很少見到你啊。」

「是啊，雜事多了一點。」秦屯警覺地皺了皺眉頭，這段日子，他對鄭勝這個名字特別敏感。

「別忙壞了身子啊，大市長。」鄭勝依舊一副朋友間的口氣。

「鄭老闆，有什麼話請直講，沒必要拐彎子。」秦屯沒好氣地說。

鄭勝在電話裏哈哈大笑，那笑聲令秦屯有些毛骨悚然，他是知道鄭勝的出身的，他原本就是一個混混，這些年仗著頭腦靈活和敢打敢衝，靠搞房地產發達了起來，現在錢多勢大，底氣足了，對秦屯這樣的官員，表面上雖然很尊重，背後卻看得不值一提。因爲這些官員們都是他餵養出來的，花他的錢，睡著他提供的女人，他爲什麼還要重視他們呢。

鄭勝笑完，一本正經說：「怎麼樣秦副市長，兄弟我已經備好了酒宴，不知肯不肯賞光？」

秦屯不敢拒絕，鄭勝這種暴發戶，沒水準沒道義，表面跟你稱兄道弟，轉過頭來就敢在你背後捅刀子。何況鄭勝要他幫著拿地，還送過一筆錢給他。現在地被吳雯拿走了，秦屯還只是跟鄭勝打了個招呼，錢並沒有退回去呢。這時候鄭勝召喚他，他必須過去給鄭勝一個交代。

「好啊，鄭老闆，我正閒得發慌呢，有酒不喝，還稱什麼兄弟。」秦屯心裏怕著鄭勝，嘴上說出的話自然一副好兄弟的口吻。

鄭勝笑笑說：「那好，來我的海盛莊園吧，我準備了好東西給你，讓我們好好放鬆一下。」

放下電話，秦屯坐在辦公室裏想了想，鄭勝是想要幹什麼呢？要自己把錢退回去嗎？按說，時間已經過去了幾個月了，如果想要自己退錢，當時就跟自己要了。再說這鄭勝雖然混，可是花起錢來手腳還是很大方的，應該不會做出把給出去的錢要回去這樣小氣的事情吧？

秦屯心定了一些，看來鄭勝很可能是又有什麼事情要讓自己辦了，想到這裏，他底氣足了一些，就坐著車去了海盛莊園。

海盛莊園是海盛置業開發的一個休閒山莊，表面上是山間的一個休閒別墅群，可以在這裏採摘一些當季水果，也可以騎馬、釣魚，是一個假日休閒的好去處。實際上這只是掩飾，別墅中其實是花天酒地的場所，桑拿、按摩一眾娛樂設施齊全。

莊園錯落有致，宛若長城一般曲蜒的磚牆上，爬滿了各種花草，讓莊園平添了幾分秀麗，秦屯的車到了大門口，門衛認識他的車號，將大門打開放行後，又向他敬禮示意。

這裏並不向社會大眾開放，不是隨便什麼人都可以進入的，只有熟悉的主顧客或者主人邀請的人才能進入。

秦屯停好了車，鄭勝已經迎了出來，笑著說：「秦副市長，歡迎啊。」

秦屯跟鄭勝握了握手，說：「鄭老闆，上次的事情沒做好，真是不好意思，回頭我會把錢退給你的。」

鄭勝心裏冷笑了一聲，暗道：你就會說好聽的，如果有意退給我，都過去幾個月了，早就應該退給我了。我還不知道你的貪婪？進了你嘴裏的肉，還能吐出來？

表面上鄭勝卻笑著說：「我的大市長，我有跟你說過什麼嗎？還是我鄭某就這麼小氣，給出去的東西還要要回來？」

秦屯笑笑說：「你鄭大老闆一向大方我是知道的，可是……」

鄭勝假裝生氣地說：「可是什麼啊，你再跟我提這個，我跟你翻臉了啊。」

秦屯笑了，說：「好，好，我不提。」

鄭勝附在秦屯耳邊，語帶曖昧地說：「桑拿部來了幾個俄羅斯小妞，今晚可以嘗嘗鮮。」

秦屯渾身頓時癢了起來，他就好這一口，低聲問道：「漂亮嗎？」

鄭勝淫笑著說：「豈只漂亮，你沒看到，那個白嫩啊，那個身材，真是了不得。我給你留了一個最好的，別人還沒動過呢。」

秦屯越發心癢難耐，不過他知道鄭勝叫自己來，可不是僅僅爲了讓他玩俄羅斯妞那麼簡單，便克制住心情，問道：「說吧，對我這麼好，又要我幹什麼？」

鄭勝笑了，說：「秦副市長真是心急，我們先進去邊吃邊談。」

鄭勝領著秦屯進入別墅中，筵席早就準備好了，鄭勝說：「今晚我給秦副市長準備了全鱉宴，讓你補足精神，好去對付小毛子。」

秦屯呵呵笑了起來，說：「你這傢伙，真是知道我的心思。」

鄭勝又開了茅臺酒，給秦屯倒滿了，說：「來，我先敬秦副市長一杯。」

兩人乾了酒，開始夾菜吃，鄭勝彷彿不經意地問道：「這次拿到地的那個小娘們，是什麼來歷啊？」

秦屯說：「這個女人很神秘，海川似乎還沒有人能對她說出個一二三來的，只知道這一次幫她拿地的是徐正徐市長。」

鄭勝笑笑說：「那個女人賊漂亮，我看了都有一種想上她的衝動，是不是徐正的情人啊？」

「也不像，前段時間有人向省裏舉報徐正跟這個女人有曖昧關係，徐正雖然被省長叫去訓了一頓，可回來仍然照常出入西嶺賓館，衝著這一點，我覺得他們之間沒有那種關係，要不然徐正沒這個膽量。」秦屯說。

出於謹慎，秦屯並沒有說出他就是舉報的人。

鄭勝好奇地問：「這麼漂亮的女人在身邊，就好像把魚放在貓嘴邊，那徐正能不吃腥？」

「這個很難說，也許那女人背景太深厚了，她承包西嶺賓館就是省人事廳的周鐵支持的，這個女人在海川還沒做什麼，身後已經站著兩位廳官了，不得了。咦，你打聽她幹什麼？」秦屯疑心道。

鄭勝笑笑說：「我能幹什麼呢，只是想查問一下誰從我嘴裏搶了肉吃。」

秦屯知道鄭勝的秉性，事情絕對不像他嘴上說的那麼簡單，便說：「你可別胡來啊，別惹事。」

鄭勝說：「我能惹什麼事，事情都過去了這麼久，有氣我也過去了。」

秦屯看了看鄭勝，還是不太相信鄭勝，不過，他沒深究下去的興趣，他也管束不了鄭勝，便問道：「你還沒說找我來幹什麼呢？」

鄭勝說：「還能幹什麼，那塊地沒拿到，我的公司也不能閒著，國土局這次又放出來兩塊地，其中一塊雖然比不上被吳雯拿走的那塊，可是也還勉強可以開發，我有興趣要拿下來。」

聽鄭勝這麼說，秦屯鬆了一口氣，只要再幫鄭勝一次，他上次欠的人情就可以還清了；再說，這次周然理應照顧一下，把那個情還回來。

秦屯笑笑說：「好說，我相信這一次絕沒問題。」

鄭勝端起了酒杯，笑著說：「那我等你的好消息了。」

秦屯跟鄭勝碰了一下杯，也笑著說：「你就放心吧。」兩人一飲而盡。

乾了杯中酒之後，秦屯見事情已經說完，就笑著說：「鄭老闆，是不是可以帶我去見見那個俄羅斯小妞了？」

鄭勝哈哈大笑，說：「秦副市長，你真是一刻都等不及啊。」

秦屯不好意思說：「事情都說完了不是嘛，春宵一刻值千金，快點吧。」

鄭勝就領著秦屯去了桑拿室，將他帶到一個房間門口，笑著說：「人我給你準備好了，你慢慢享受吧。」

秦屯連忙打開房門，只見一個妖艷得令人炫目、像洋娃娃一樣的女人穿著比基尼坐在床邊，他隨手關上了門，女人乖巧的看著他，一副待宰羔羊的樣子，秦屯也不知道她懂不懂中國話，也就省了套交情，直接就撲了上去……

第七章

撞車事件

看看吳雯對這次撞車事件，並沒有什麼太大的反應，
徐正也沒關照公安部門特別查辦這個案件，這一切讓鄭勝放下心來，
種種跡象表明，這個案子很可能會成為一件無頭公案，
壓在公文堆裏再也無人理會了。

第二天，坐在辦公室的秦屯哈欠連天，雖然昨天那個俄羅斯妞身上並沒有能蓋住那種膻膻的味道，肌膚也不如中國人滑膩，但他還是有一種嘗鮮的感覺，這種新鮮感刺激了他的腎上腺素，讓他在那女人身上狠命的折騰了一晚。還是洋人體力好，昨晚俄羅斯妞嗷嗷叫得兇呢，更是讓秦屯興奮得不行。

秦屯摸了摸腰眼，那裏酸酸的，心想：這洋女人只是嘗嘗鮮，真要每天都來，自己這條老命可經不起。

秦屯又打了一個哈欠，伸手抓起了電話，撥給周然，他沒忘記要幫海盛置業打招呼的事情。

電話接通了，「老周，我秦屯啊。」

周然並不熱情，說：「秦副市長有什麼指示嗎？」

秦屯笑笑說：「老周，我能有什麼指示啊，我聽說這次國土局又放出來兩塊地，其中有一塊，海盛置業很想拿下來發展，這次應該就沒什麼問題了吧？」

周然心裏冷笑一聲，暗道：你爲了整徐正，不惜把我填進去，還裝作什麼都不知道的樣子來找我打招呼，當我是傻瓜嗎？

周然笑了笑說：「沒什麼問題啊，海盛置業想參與，我們國土局很歡迎，只要他們出價夠高就可以了。」

秦屯愣了一下，這時才覺出周然的話味不對，便問道：「老周啊，你怎麼跟我打起官腔來了？什麼價高者得，要那個樣子，還用我跟你打這個電話嗎？」

周然笑笑說：

「你先別急啊，秦副市長，你不知道情況，前些日子，不是有人舉報徐市長亂打招呼拿地嗎？這引起了省國土廳和市裡的極大重視，雖然最後查實並不存在違規的現象，可是省廳和徐市長都給我們局專門下達了指示，要求我們國土局一定要嚴格執行土地出讓的所有法律程序，不能出現任何偏差。徐市長還對我下了死令，說要是發現一例違法事例，首先就要把我這個國土局長的烏紗帽給摘了。我們局裏爲此已經展開專項整治活動了，秦副市長，你說在這個風口浪尖上，我這個當局長的怎麼敢頂風作案啊？要是再有哪個不開眼的王八蛋舉報我，我豈不是要吃不了兜著走？」

秦屯沒想到周然會以這個理由拒絕自己，愣了一下，不甘心的說道：

「老周，我怎麼沒聽徐市長這麼說過啊？徐市長是不是因爲被舉報了，就急著要撇清自己啊，你別當真，你如果想幫忙總是有辦法可想的，是吧？」

周然說：「這話是徐市長把我叫到他的辦公室裏去說的，所以你不知道。真是不好意思啊，秦副市長，不是我不想幫你，實在是我也不能拼著烏紗帽不要來幫你吧？你要怨，就去怨那個寫檢舉信舉報徐市長的王八蛋吧，不是他也沒這些事。這個王八蛋真是太壞了，這不是憑白無故往我們國土局身上潑髒水嗎？」

秦屯臉上麻酥酥的，周然雖然沒指名罵他，可他做賊心虛，知道這個寫信的王八蛋就是自己，心裏自然很不是個滋味。

秦屯不好再說什麼了，就說：「那算了吧，當我沒說。」

聽秦屯扣了電話，電話那邊的周然忍不住笑了出來，他這一下子指桑罵槐收拾了秦屯，還讓秦屯啞巴吃黃連有苦說不出，心裏不知道多麼舒服呢。

但這邊秦屯就犯難了，他原本以爲手到擒來的事情，竟然被拒絕了，可是他已經在鄭勝面前誇下了海口，他不知道自己該如何跟鄭勝交代。

過了幾天，鄭勝一直沒等到秦屯的確切消息，眼見土地出讓就要開始了，鄭勝再也坐不住了，就打電話給秦屯，問道：「秦副市長，你究竟是什麼意思啊？」

秦屯沒辦法交代，只好採用拖延戰術，尷尬地笑了笑，說：「鄭老闆，你別急，我這不是正在努力嗎？」

鄭勝火了：「你努力個屁啊，等你努力出來，黃花菜都涼了。」

「你說你這個人，怎麼講話這麼粗俗呢，我這不是還在爭取嗎？」

「你別糊弄我了，你跟我老實講，究竟是怎麼回事？」

秦屯苦笑說：「還是那個徐正，他盯上了國土局，跟周然說，一定要嚴格執行土地出讓的所有程序，否則就要摘了周然的官帽，弄得周然現在也不敢做什麼手腳。」

鄭勝罵說：「媽的，這個徐正真毒啊，他自己幫吳雯拿了地，轉過頭來卻不讓別人弄，還讓不讓人活了？」

秦屯說：「抱歉了，鄭老闆，先忍耐一下，緩過這段時間好不好？」

鄭勝氣說：「緩，緩個屁呀，老子已經讓他一次了，再讓下去，別人真當我鄭勝好欺負啊。你等著吧，我會要他們好看的。」

秦屯說：「你要幹什麼，千萬別胡來啊。」

鄭勝根本就不理會秦屯，啪地一聲扣了電話。

秦屯愣了半晌，他感覺一定有事情要發生，可是事態似乎已經不在他的控制當中，他無法掌控鄭勝，只能希望鄭勝不要把事情鬧得不可收拾，不要牽連到他，否則到那個時候，他怕也是無法獨善其身。

不過潛意識中，秦屯還是希望鄭勝狠狠打擊一下徐正，徐正現在讓他感覺還不如曲煒當市長的時候，讓徐正受點教訓也好。

吳雯的車駛出工地的時候，天色已經很黑了。

件。

經過一段時間的開工審批手續，現在她買下的這塊地已經拿到了開工所需的所有文件。

此時吳雯在海川已經有了一定的人脈基礎，加上那封檢舉信把她和徐正拉到了一起，雖然吳雯心裏很清楚，她和徐正是沒有那種關係的，可是在別人眼中，她已經跟徐正掛上了鉤，海川市的人也把海雯置業看成了市長的私人關係企業，因此她這次的審批程序一路綠燈。現在工地已經開始打樁施工了。

劉康還特別幫她找到了一位經驗豐富的施工現場經理錢楓來幫她。錢楓五十多歲，已經有二十多年施工現場管理的經驗。可是吳雯還是不敢大意，她對建築業是新手，知道要想做好這一行，必須熟悉每一個環節，因此她並沒有做甩手掌櫃，而是跟在錢楓身後不時的詢問，跟錢楓學習如何管理現場的施工。

錢楓也樂得有這麼一個美女徒弟，對吳雯的詢問是知無不言，兩人的配合倒是十分融洽。

今天吳雯在工人收工之後，又在工地上巡視了一圈，確認沒什麼事了，才跟錢楓說了一聲，離開了工地。

吳雯開著車，一邊左右晃了晃脖子，在工地一整天跑下來，渾身都酸痛酸痛的。不過吳雯現在樂在其中，每天一身臭汗回家，倒頭就睡，生活簡單而充實。

工地的周邊還有些荒蕪，配套的公路還沒完全修好，道路兩旁也沒有路燈，吳雯雖然十分困乏，還是不得不強打精神，盯著前方有些崎嶇的路況。

沒想迎面一輛土頭車急速開過來，眼見到了吳雯車前，突然一打方向燈，竟直衝著吳雯開過來。吳雯急了，使勁轉著方向盤，堪堪避過車頭部分，土頭車一下子撞到了她車子的後面。

吳雯只覺得一陣劇烈的撞擊，腦袋一震，安全氣囊便爆了出來，把她塞在方向盤和座椅之間。

土頭車撞到吳雯的車之後，絲毫沒敢停留，繼續加著油門，飛快的離開了現場。

吳雯嚇壞了，她有一種明顯的感覺，土頭車就是想要置她死命的，她心裏恐懼到了極點，嚇得渾身動彈不得。她逃也無法逃，追也無法追，恐懼地看著土頭車消失在暗夜中。

車門已經被撞得變了形，吳雯想要下車卻無法打開車門，恐懼籠罩著她，她更加慌張了，使勁的扯動著車門想要逃出來，這時，她再也沒有那種花魁的優雅和淡定，甚至連打電話報警都忘記了。

正在措手無著的時候，幸好一輛路過的車看到她出了車禍報了警，很快交警趕了過來，將吳雯解救了出來，送到醫院。

醫生給吳雯做了全面的檢查，幸運的是，吳雯只有些微腦震盪的症狀，其他並無大礙，讓吳雯留院觀察幾天。錢楓和吳雯的父母聞訊趕來，看她狀況不穩定，神情恍惚，不放心就留在醫院陪護她。

吳雯這一夜噩夢連連，一合上眼睛，就看到一輛土頭車直奔自己而來，立即尖叫著驚醒過來，到快天亮的時候才矇朧睡了過去。

上午交警來做調查，詢問吳雯事故當時的狀況，吳雯一五一十把當時的情況講給交警聽，並且堅持說，事情並不是交通事故那麼簡單，那輛土頭車根本就是想直接撞死她，幸虧她反應靈敏，閃過了車頭，才躲過這一劫。

交警對吳雯的說法半信半疑，現場沒有目擊者，肇事司機又已經逃逸，吳雯看到的土頭車沒牌沒證，現在海川市到處都在大興土木，像這種沒牌沒證的車輛很多，交警也沒辦法找到肇事車輛，只好先給吳雯做好筆錄，留待慢慢查找。

此時的吳雯已經定下心來，知道跟交警說得再多也沒用，警察辦案是需要證據的，而想要害她的人設計的很巧妙，選擇了一個周圍都沒人的地點和時段，讓她找不到證據。

她把身邊的人回想了一遍，對想害自己的人卻一點蛛絲馬跡都找不到，摸不著頭緒。正在胡思亂想之際，手機響了，看看是乾爹劉康的號碼，趕緊接通了。

劉康急促的問道：「你沒出什麼事情吧，小雯？」

吳雯趕忙說：「沒事了，乾爹，只是頭有點暈暈的。你怎麼這麼快就知道我出事了？」

劉康說：「錢楓打電話告訴我的。快告訴我，究竟怎麼回事啊？」

吳雯講了事情的發生經過，並把自己的懷疑告訴劉康。

劉康聽完，沉思了一會兒，然後說：「看來你在海川得罪了什麼人啦。」

吳雯困惑的說：「我沒有去招惹誰啊？目前就做了現在一個工程，也還是剛剛開始，會惹到誰啊？」

劉康說：「商場上，有時候往往不經意之間就會傷害了別人的利益，損害別人的利益就是得罪了他。只是這傢伙做的也太過了，這是要取你性命啊。小雯，你不要急著出院，我馬上派兩個人過去，你已經被人盯上了，出行都要注意。」

吳雯聽了很害怕，說：「乾爹，那你趕緊派人過來吧，昨晚真是嚇死我了。」

劉康安撫說：「你不用害怕，對方一擊不中，短時間也不敢再來招惹你。你等著，我讓小田帶個人過去，讓他幫你查一下，他會處理好這件事情的。」

小田就是當初幫傅華抓邵彬那個爲主的青年，原本是特警，因爲犯了一點錯誤被迫退役，就被劉康收到手下做事。吳雯知道劉康很多重大事情都是交給小田辦的，心情就放鬆了許多，說：「謝謝你了，乾爹。」

「跟我就不用客氣了，你這傢伙也是，我已經讓錢楓去幫你了，你怎麼還在工地待到那麼晚？錢楓很可靠的，你不用不放心。」

「我不是不放心錢經理，我只是想，我既然要做這一行，就要瞭解這一行的所有事情，要做就要做到最好。我也是想做點成績給你看嘛，誰知道那傢伙會伏擊我。」

「你啊，好了，人沒事就好了。那你就在醫院多休息幾天吧，把身體調養好了。」

「嗯，還是乾爹疼我。」

吳雯在海川也算是一個眾人矚目的人物，她被車撞了的消息，很快就在海川市傳開了，人們竊竊私語，都在猜測這個暗算吳雯的人是誰，也有人嫉妒這漂亮女人在海川市的風光，暗自幸災樂禍。

傍晚時分，徐正也知道了這個消息，他知道這個時候別人都在看他的反應，本來想來醫院探視吳雯，後來想想還是打消了這個念頭，這時候去醫院顯得太過於關心了，反而會給人口實。

徐正撥了吳雯電話，問道：「吳總，我聽說你被人撞了？」

吳雯心裏有些感動，徐正打來的電話讓她感到一絲的溫暖，便笑笑說：「謝謝徐市長的關心，我並無大礙。」

吳雯就說了當時情況，徐正聽了，也懷疑是有人蓄意而爲，問道：「你得罪過什麼人啦？」

「沒有啊，我真想不出這件事情是誰做的。」

如果這件事情發生在別人身上，徐正立即就會下令公安部門限期偵辦，可是發生在吳雯身上，他也不好大張旗鼓的做什麼，便說道：「那你近期出入小心些。」

吳雯笑笑說：「我知道，謝謝了。」

徐正又說：「你現在沒有什麼證據，我也不好插手讓公安去做什麼，好好休息和治療，早日康復。」

「我理解，我會好好休息的。」

秦屯也很快知道了這個消息，他馬上就猜到了是鄭勝玩的把戲，他對吳雯只受了一點驚嚇覺得很不解恨，心說這個鄭勝也真是沒用，不敢去動徐正也就罷了，連去伏擊一個女人也沒把事情做好，這麼嚇一嚇有什麼用啊，倒好像是去給徐正和吳雯提醒似的，告訴他們有人要暗算你。

徐正和吳雯不知道會作何反應，他們會不會看出這是針對吳雯去的呢？他們會不會採取報復行動？

秦屯心裏緊張了起來，他認爲這個吳雯不是那麼簡單，所謂的不是強龍不過江，吳雯如果沒什麼實力，她也不能在海川這麼風光，看來她的報復不可避免，只是不知道她會不會查到鄭勝這兒來。

秦屯很害怕會被對方的報復行動波及到，看來近期還是要離鄭勝遠一點。

小田帶著人，在第二天就從北京趕到了海川，小田並沒有在醫院露面，只是讓自己帶來的兄弟去醫院保護吳雯，並告訴吳雯自己也到了。

小田不露面是因爲劉康事先交代，除了保護好吳雯，更重要的是查出這次撞車事件的真凶。他不露面，可以在暗地做些必要的調查。

劉康給了小田調查的方向，他認爲吳雯在海川能得罪人的事，也就是手上剛剛拿到的這塊地，很可能是某些人原本以爲這塊地是他們的囊中物，被吳雯口中奪了食，心中不平，因此採取的報復措施。

這樣他要找的敵人範圍就很明確了，只要爭取過那塊地的人都是有嫌疑的。再說，土頭車也不是隨便什麼公司都有，大多是一些建築公司所有，正符合爭地這些人的狀況，因此要小田多往這條線索上去查。

小田心領神會，便開始調查當初有意爭取那塊地的幾家房產發展公司，查下來，海盛置業很快就進入了他的視線。這家公司的老總本來就是個道上混混，以前就常做一些打打殺殺、搶工地之類的事情，這種人無法無天，很可能做出撞車殺人的事情來。

小田又想辦法去海盛置業打聽了一下，打聽到本來公司有六輛土頭車在正常使用，這幾天突然有一輛說出了故障，送去維修了，那輛車的司機也放假回老家了。

小田聽到這些，心裏就猜到了個七八成，晚上，他又偷偷去海盛置業的車庫看了一下，在弄開一個緊鎖著的車庫之中，果然發現了一輛撞過車的土頭車，車上被撞傷的部位，依稀還可以看出吳雯寶馬車的車漆。

這時候，小田已經可以確認設計撞吳雯的人，就是海盛置業的鄭勝了，便把情況彙報給劉康。

劉康聽完，怒道：「媽的，這傢伙活膩了，竟敢動小雯的手腳。」

小田問道：「劉董，您要我怎麼做？」

要是以劉康當年的手段和狠勁，做了鄭勝的可能都有，可是那個時代已經過去了，現在什麼都講法制，劉康自己也上了年紀，對人生多了一些新的認識，知道事情鬧得太大，對吳雯在海川的發展並不利，因此並沒有急著表態。

沉吟了半晌，劉康說：「先不要急著做什麼，你先給我查明這個鄭勝的日常行蹤，他的家庭狀況，有沒有情人，都喜歡做些什麼，越細越好，調查清楚了彙報給我，到時候我再決定如何做。」

小田說：「好的，我馬上去調查。」

小田掛了電話，劉康開始思索該如何對付鄭勝。他很清楚對鄭勝這樣的無賴，絕對不能輕易放過，否則他就會以爲她好欺負，說不定會有進一步對付吳雯的舉動。同時，要打擊他，一定要痛狠準，打蛇要打在七寸上，讓他一輩子記住。

劉康心裏暗自發狠，鄭勝啊，鄭勝，什麼人你都敢惹，這次你惹到了我頭上，我要讓你知道知道你北京劉爺的厲害。

此時的鄭勝也在觀察著吳雯的一舉一動，他也很想知道吳雯受了伏擊之後，下一步會採取什麼行動。

鄭勝並不是一個莽夫，這從他能從一個混混打拚出這麼大的一份資產就可以知道。他在秦屯面前說過要教訓徐正，卻並不直接衝著徐正下手，也是鄭勝頭腦聰明的一個很好的例證，他清楚在海川動一個市長會造成多大的影響。如果真的動了徐正，怕是海川的政法部門會全力出動查找真凶，那時候，他自己也會跟著倒楣的。

但是鄭勝也咽不下這口氣，他的視線就轉到了吳雯身上，他覺得吳雯是徐正最薄弱的地方，可以選擇對此加以攻擊。他並不相信秦屯說的「吳雯不是徐正情人」的說法，不是情人，徐正怎麼會幫她拿地呢？教訓了吳雯，也就教訓了徐正。

於是鄭勝讓手下人去監視吳雯的行蹤，很快就對吳雯的行蹤瞭若指掌，對吳雯在工地往往很晚才回家更是心中暗喜，心說這也算你倒楣，偏偏露了這麼多破綻給我，讓我可以神不知鬼不覺的教訓你一下，我不弄你，真是對不起你了。

雖然鄭勝也覺得搞掉這麼一個漂亮女人有些可惜，可是一想這個漂亮女人他消受不到，相反還搶了他的肥肉，這種可惜的程度就很低了。

於是鄭勝就在工地附近佈置了人，盯著吳雯的行蹤；另一方面，他也安排好了土頭車，單等吳雯晚上落單的時候就用車去撞她，就算撞不死，也撞她個重傷，教訓教訓這娘們，讓她知道海川還輪不到她呼風喚雨，也讓徐正受一次打擊。

那晚，工地上的人傳來消息，吳雯離開了工地，鄭勝就讓土頭車迎著吳雯來的方向開去，一旦看到吳雯的寶馬車，就直接追撞上去。

這一切的盤算原本是很不錯的，可惜功虧一簣，在撞車的時候，吳雯竟然在千鈞一髮之際閃了過去，土頭車撞到了寶馬車的後半截，開車的司機膽子也小，不敢再倒車撞上去，便跑了回來。

鄭勝無可奈何，他還需要收拾殘局，便給司機一筆錢，讓他先出去躲一躲，土頭車也鎖進了公司的倉庫。

吳雯住了幾天醫院，那個徐正根本就沒露面來探望她，這時鄭勝才覺得自己可能真的弄錯了，吳雯也許真的不是徐正的情人。不過已經撞了，這時知道錯了也沒用，再說這娘們確實也搶走了自己的地，也該教訓。

看看吳雯對這次撞車事件，並沒有什麼太大的反應，徐正也沒關照公安部門特別查辦這個案件，這一切讓鄭勝放下心來，種種跡象表明，這個案子很可能會成爲一件無頭公案，壓在公文堆裏再也無人理會了。

出院的吳雯身邊多了保鏢模樣的青年男子，出入行動都很小心，其他看不出什麼變化，看來這次的撞車事件確實讓她受了很大的刺激，開始注意其自身安全起來。

鄭勝心裏暗自冷笑，心中充滿了不屑，原來這女人這麼不堪一擊，那些說她背景如何如何，都是以訛傳訛啊，也不知道她是怎麼讓徐正出面幫著拿地的，不管是什麼，大概也就是順水人情，不然的話，這次出這麼大的事，徐正也不會對她置之不理了。

鄭勝原本對吳雯身後的背景存有幾分畏懼，因此不敢去招惹她，這次撞車讓他似乎看穿了這個女人的底牌，是不是自己也可以勾搭一下?鄭勝竟然起了幾分邪念。

鄭勝在暗處自以爲得計的時候，不知道他的背後已經有了一雙鷹一樣的眼睛在注視著他的一舉一動，伺機要對他發起致命的攻擊。

傅華知道吳雯出事已經是幾天之後了，傅華趕忙打電話給吳雯，問道：「吳總，聽說你撞車了，你沒事吧？」

吳雯笑了，說：「你才知道我出事，我都已經出院了。沒事了，有驚無險。」

傅華說：「你怎麼這麼不小心啊？」

「不是我不小心，是有人算計我。對方的車是直奔我來的。」

傅華愣了一下，問道：「你得罪了誰嗎？」

吳雯說：「我也不知道。」

傅華突然覺得吳雯回海川似乎並不是一個正確的選擇，接二連三的出問題，就說道：「吳總，你是不是好好考慮一下回海川投資是不是一個正確的選擇了，你看，先是王妍騙你，現在又出了這麼樁事，也許海川不適合你發展呢。」

吳雯笑說：「這裏是我的家鄉啊，這裏不適合我發展哪裡能適合？這些事情要遇到，在哪裡都會遇到的，你放心啦，我乾爹已經派了人過來幫我了。」

傅華關心地說：「不管怎麼樣，你還是要小心些。」

吳雯說：「謝謝你的關心了，有段時間沒聯繫了，你在忙什麼？」

「也沒忙什麼，海川大廈裝修快要完工了，我在籌備開業。對了，你最近回不回北京啊？要是回來，一起來參加海川大廈的開業典禮吧。」

吳雯笑說：「我現在在海川一大堆事情呢，回不去。」

「那就算了。好了，我要掛了，你在海川多注意安全。」傅華又叮嚀道。

吳雯心裏感到一絲暖意，傅華對她還是有那麼一份牽掛的，她笑笑說：「好，我會注意的。」

傅華掛了吳雯的電話之後，撥通了徐正秘書劉超的電話，剛才在跟吳雯聊天時談起海川大廈的開業典禮，他這才想到還沒有邀請徐正來參加呢，這本是當初章旻跟他說好的，爲了處理好跟徐正的關係，到時候邀請徐正作爲貴賓來參加開業典禮。

劉超接通了電話，問道：「傅主任，有事嗎？」

「我找徐市長，他有時間嗎？」

劉超知道傅華最近在跑海川新機場的事，徐正已經交代過，有他的電話馬上接過去，就把電話轉給了徐正。

「傅主任，民航總局那裏有什麼問題了嗎？」

「那邊沒什麼問題，昨天跟張副司長還通過電話，他說民航總局已經研究過我們海川市的報告，認爲可行，很快就會將我們的新機場項目調整進入國家的機場建設規劃當中去。」

徐正高興地說：「那就好，那就好，這段時間你要跟他們加強聯繫，越是通過前的時期越是要小心，不要大意失荊州。」

傅華笑笑說：「徐市長放心吧，我知道怎麼做的。」

「看來你找我不是爲了民航總局的事情啊，有什麼事情嗎？」

「是這樣，海川大廈內部裝修即將竣工，我想舉辦一次隆重的開業典禮，同時舉辦一次在京海川人士的新春聯誼會，不知道徐市長能不能來參加？」

徐正有了些興趣，問道：「都有誰會參加啊？」

「目前我計畫邀請鄭老、于副局長、張副司長和蔣處長；發改委方面，我想邀請劉傑司長和周陽處長，證監會的賈昊主任，商務部的崔波司長，順達酒店的章董和我岳父也會參加。其他都是海川在京的人士了。」

這個人員層次已經很高了，傅華是想趁著酒店開業的這個題目，跟民航總局和發改委的這幾位長官好好處理一下關係，這對海川新機場項目是很有利的。這也是他和海川駐京辦在京城舞臺上的一次正式亮相，他一定要辦得風風光光的。

徐正聽完出席的人員名單，明白了傅華的設想，不由得讚賞的說：「傅華，你這個想法很好，這是一個很好的題目，你要辦好這一次典禮和聯誼會。」

傅華高興說：「這麼說，徐市長您答應要參加了？」

徐正笑笑說：「那我就去給你捧個場。對了，這次聚會的經費怎麼辦？你可不能弄得太寒酸，畢竟海川駐京辦代表的是我們海川市的臉面。」

傅華笑說：「經費問題已經解決了，有公司願意贊助這次聚會。」

徐正問：「誰啊？夠嗎？」

傅華笑笑說：「夠了，我拉到了一個金主，山祥礦業贊助了我們，資金已經匯到駐京辦賬上了。」

徐正笑說：「你這傢伙，還挺有辦法的啊。行啊，記住，那幾個部委的同志一定要安排好禮物，知道嗎？」

「我知道。」

「具體日子你跟劉超協調吧，到時候我會提前一天到京，行了吧？」

「行行，謝謝徐市長的支持了。」

「好好幹吧。」說完，徐正掛了電話。

傅華確定了徐正會回來參加海川大廈開業典禮和新春聯誼會，趕忙把林東和羅雨、高月等人召集起來，開了一個會，研究籌辦新春聯誼會的事情。至於海川大廈開業典禮，他還需要跟順達酒店和通匯集團溝通一下，那是三家聯合建起來的酒店，要辦開業典禮也需要三家共同確定。

傅華又讓羅雨負責準備介紹海川的資料和會議要用的條幅，讓高月負責落實當天的筵席安排和招待。這一切安排妥當之後，傅華打了電話給章旻，詢問他對海川大廈開業典禮方面的安排意見，章旻提出了他們順達酒店的幾點意見，然後說到時候他會來參加典禮的。

傅華說：「好啊。」

章旻笑笑說：「我聽他們說，堂姐最近心情好多了，謝謝你啊，傅華。」

「客氣什麼啊，我和章鳳現在是搭檔，需要互相支持的。」

別有用心

孫永想一想也是，即使徐正因為這封檢舉信不能當選，
也無法輪到秦屯來當這個市長，看來這封信是別有用心的人玩的把戲。
而且這個把戲玩得十分巧妙，既打擊了徐正，
也讓人把視線轉向了秦屯，為整個事件找到了替罪羊。

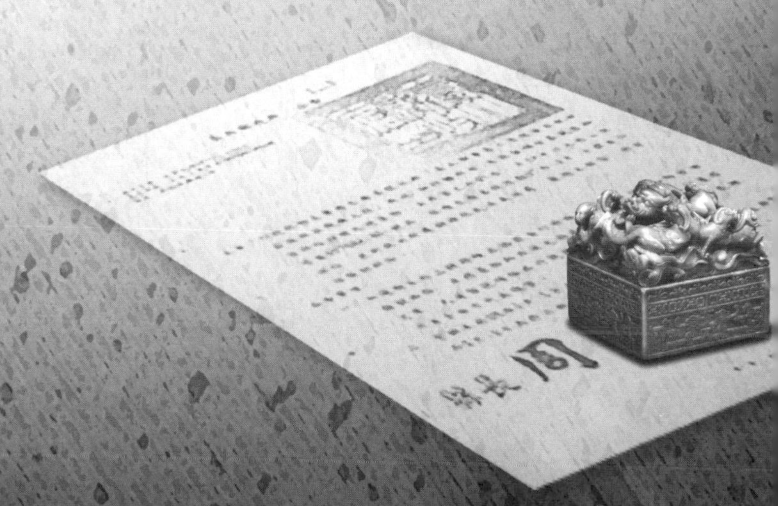

晚上，傅華跟趙婷去了趙凱家，吃飯的時候，傅華談了開業典禮的事情，趙凱說：「我這邊沒什麼特殊要求，你就安排去做吧。」

傅華說：「好。」

趙凱又問道：「徐正要來參加啊，他最近對你怎麼樣？」

「最近對我挺好的，好幾次都表揚我工作幹得好。其實徐正這個人也不算壞，他還是想幹點事情的。」

趙凱聽了，笑說：「你現在對他的印象不錯啊。」

「上次徐正來，在你請客之後跟我深談了一次，說了一些推心置腹的話，我們相互之間加深了瞭解。」

趙凱感興趣的看了看傅華，說：「真的嗎？」

傅華就講了那天徐正跟自己談話的情形，最後總結說：「他可能也是被爸爸你點醒了，自那以後對我就很客氣了。」

趙凱笑說：「你這就相信他了？我跟你說，他現在是需要你給他做事，所以才這麼重視你，一旦你沒有用了，你等著看吧。」

傅華笑著搖了搖頭說：「不會吧？我看得出來，徐市長不是這種人。」

趙凱說：「你看出來什麼了，你注意沒注意他的眼睛，他的眼睛黑眼珠向下，左右露出的眼白很多，古書上說，這種眼睛是上三白眼，又稱蛇眼，有這種眼睛的人，生性刻薄寡恩，是那種不靠善惡來判斷是非，全憑利害關係來做事的人。」

趙婷笑了，說：「爸，你又拿出迷信那一套來了。」

趙凱說：「古書上真是這麼說的，你也別不拿這些當回事。古時候的人要判斷一個人，往往對他們的面相很注重，曾國藩也主張先看透人再用人，爲此還著述了一本專門講相人之法的書《冰鑑》。反正對這個徐正，你一定要小心些，不要覺得他可以依賴，這個人不太可信。」

邀請帖很快就印好了，在和劉超協商好具體的日期之後，駐京辦開始發出典禮的請帖。一些重要人物的請帖，比如鄭老、于副局長等，傅華都親自登門把請帖送過去。

鄭老接了請帖十分高興，問：「小傅啊，你的海川風味餐館真的有疙瘩湯和粑粑就魚？」

傅華說：「您放心，我專門從海川請來的廚師，絕對可以做出您想吃的那種味道，不是有句廣告詞嗎，記憶中媽媽的味道。」

鄭老笑說：「衝著這個我去，不過，你可是把我老人家的胃口給吊得高高的，到時候如果你做不到，我可不饒你。」

于副局長等人也答應了邀請。其他海川在京人士的請帖，也由駐京辦的工作人員陸續發了出去。現在只剩下一個最大的問題，那就是給于副局長這些部委領導們準備什麼禮物了。這些人當然不能只給他們發一點聯誼會的紀念品，那樣會讓這些領導們心裏很彆扭的。

這個禮物需要送得巧，不能太便宜，也不能太貴，還要讓人感受到一份意義在，實在是很讓人費腦筋。傅華想來想去，還是不得要領。可是這個問題不解決好，這次聚會就算失敗了一大半。

傅華正在辦公室裏轉圈，電話響了，看看號碼很陌生，傅華猶豫著接通了：「你好，那位？」

「傅主任真是貴人多忘事啊，我陳磊啊，我的號碼你都忘記了。」

陳磊？傅華想起了這是海川在京人士中一個還算提得起來的老闆，是做醫療器械的，據說近年生意做得很好，賺了不少錢。

陳磊來過駐京辦，和傅華也算認識，但是陳磊通常是有什麼困難了才找到駐京辦，由駐京辦出面幫忙協調解決，是一個被動聯繫的關係。

陳磊的公司正處於上升階段，各方面順風順水，倒也不需要駐京辦太大的幫助，因此陳磊跟駐京辦的聯繫很少，只是偶爾會跟同是海川的老鄉一起過來坐坐，因此傅華跟陳磊並不熟悉，倒是林東跟陳磊走得很近。

「原來是陳總啊，你看我這記性，連陳總的電話都記不住。駐京辦聯誼會的請帖收到了吧？」

陳磊笑笑說：「收到了，林副主任親自送過來的。」

「那好，到時候可一定要來啊。」

「去肯定是要去的，不過，你傅主任也太不夠意思了吧？」

傅華愣了一下，不知道陳磊爲什麼這樣說，難道嫌自己沒親自去送請帖？也不至於吧？陳磊的身分還沒到一定要自己親自邀請的份上，他是商場中人，肯定明白他自己的分量。

「陳總爲什麼這麼說啊？」

「你啊，就是見外，辦這麼大的一次活動，事先也不跟我說一聲，連爲駐京辦出點力的機會都不給我嗎？」

傅華愣了一下，說：「陳總的意思是？」

陳磊笑笑說：「我想贊助一下這次的聯誼會，不知道傅主任給不給我這個機會啊？」

傅華笑說：「贊助我們？我們駐京辦什麼時候成了搶手貨了？」

陳磊說：「什麼時候啊，就從傅主任主政駐京辦開始的時候。」

傅華不明白陳磊究竟想要幹什麼，便笑笑說：「我們今年有贊助單位了，經費已經足夠。陳總如果有這個心，明年吧。」

「你這個人真是的，錢還有嫌多的時候嗎？我可沒耐心等明年，錢我已經準備好了，你在哪裡？」

「我在駐京辦呢。」

「那好，你在那等著我，我給你送過去。」

傅華不好再推辭，只好說：「好，我等你。」

一個小時之後，陳磊出現在駐京辦，這是一個快四十歲的男人，個子不高，偏瘦，戴著一副無框眼鏡，很有學者派頭。

傅華跟陳磊握了握手，說：「謝謝陳總對我們駐京辦的支持。」

陳磊笑說：「你們駐京辦對我們這些海川籍的在京人員給了很大的支持，我們回饋一點也是應該的。」說著，便將一張十萬元的支票放到傅華面前。

傅華說：「陳總真是大方，看來這一年是賺得盤滿缽滿了。」

陳磊笑了笑說：「還沒到盤滿缽滿的程度，不過這點錢還是賺到了。」

傅華笑說：「應該不止，不知道陳總這次贊助我們，有什麼特別要求嗎？」

傅華心裡才不相信陳磊說的什麼回饋呢，這些商人精明到頭頂上了，才不會拿著錢白給你的。

「也沒什麼特別的要求，就是請註明我們磊實藥業贊助了這次活動；再是，我想在會議上講講話，沒問題吧？」

按慣例，以前駐京辦開聯誼會，都會請贊助單位上臺講幾句的，陳磊這個要求並不過分。

傅華看著陳磊問道：「就這麼簡單？」

陳磊笑說：「你想要多複雜啊？」

傅華還是不太明白，就問道：「以前也有這樣的機會，而且花費還少，爲什麼陳總沒有贊助呢？」

陳磊看著傅華，問說：「你真想知道？」

傅華點了點頭。

陳磊說：「以前的聯誼會不是沒市長參加嘛，再說，以前的聯誼會就是我們這些在京的海川籍商人們和在京工作的海川人簡單的聯歡活動，沒什麼搞頭。近年傅主任搞得這麼隆重，我們不參與一下也說不過去。」

傅華有點明白陳磊的心思了，陳磊雖然在北京發展的已經算不錯了，可是在海川地面上並無什麼大的影響，他是想借這次的機會跟家鄉的市長接觸接觸。

通常他這個層級的商人，是無法引起一個地級市市長的興趣的，這次駐京辦的聯誼活動卻能提供一個很好的接近市長的平臺，也給了他一次顯示身分的機會，作爲一個精明的商人，他又怎麼肯放過呢。

傅華接受了陳磊的贊助，有了這筆贊助，駐京辦年底的經費就會很寬裕，他也可以給駐京辦的同仁們多發一點工作獎金，大家跟他辛苦了一年，也該犒勞犒勞了。

時間很快過去，在舉行慶典的前一天，徐正和章旻都飛到了北京。傅華將徐正接到酒店住下，晚上，章旻和趙凱連袂去酒店看徐正。

趙凱首先感謝徐正對海川大廈的支持，說沒有徐正的支持，海川大廈不能建好的這麼快。徐正心說：這老狐狸又來忽悠我了，他對上次趙凱請客的那套言辭還是耿耿於懷，不過現在還需要用到傅華，不好表現出來而已，便笑了笑說：

「趙董，您真是客氣了，海川大廈我們海川市政府也是有份的，大家共同合作才會有今天的成績。我覺得如果真要表揚誰的話，這是與傅華同志的努力分不開的，我們市裏正在考慮嘉獎傅華同志呢。」

陪同徐正的傅華有些不好意思了起來，笑笑說：「謝謝徐市長了，我個人沒做什麼，要說成績，應該歸功於駐京辦全體工作人員和順達酒店派到北京的同志，是他們的共同努力才會有今天這個局面。」

章旻笑說：「傅主任，你就不用這麼謙虛了，誰都知道沒有你，就不會有這座海川大廈的。」

「對，對，傅華同志確實太謙虛了，市裏是一定要嘉獎你的。」徐正亦附和說，心裡卻想：這惠而不費的事情我何樂而不爲呢？既讓傅華增添了幹勁，又討好了趙凱這隻老狐狸。

趙凱笑笑說：「好好幹吧，傅華，你做出的成績，領導都看在眼中了。」

傅華立即說：「我會努力的。」

徐正又看看章旻，笑說：「章董，我們可是有一段時間沒見了。」

章旻說：「是啊，自上次海川一別，一晃就是幾個月了。主要是總部的工作太忙了，分身不得。」

徐正笑說：「你呀，海川的順達酒店也是你的產業，有時間也應該過去看看，別厚此薄彼啊。」

章旻說：「說到這個，還要感謝徐市長對海川順達酒店的支持，因爲您的支持，那裏施工的工期比我們預計的要快很多。」

海川順達酒店自土地事件之後，海川各單位對其都是一路綠燈，工程進展的很快，這自然離不開徐正的庇佑，章旻對他表示感謝，倒也不完全是客套話。

徐正笑笑說：「章董客氣啦，海川順達酒店也是海川的企業，我這個市長有責任維護它的合法權益的。省裏的呂副省長對這個項目也很關心，前段時間，我還跟呂副省長專門彙報過，他對工程的進展很滿意。」

徐正確實專門跟呂紀彙報過，不過這倒不是因爲呂紀關心這個工程，而是他害怕呂紀認爲海川方面故意爲難順達酒店，向呂紀彙報，一方面解釋，另一方面也是表功。

章旻笑笑說：「這件事我自海川離開後，也跟呂副省長彙報過，他對您徐市長處理問題的果斷很是讚賞，對結果很滿意。」

趙凱笑笑說：「你們說的這個呂副省長，是東海省的呂紀吧？」

徐正看了趙凱一眼，問道：「趙董，你認識呂副省長？」

趙凱說：「我不認識，只是前幾天跟一位朋友聊天，說起東海省的事情，他們說，這次東海省的班子可能要動一動了，程遠據說已經到了年紀，可能調去全國人大，省長郭奎這幾年發展經濟不錯，可能會接程遠的位置。這個呂紀歷練過很多地方，本身就是中央重點培養的幹部，這次很有可能扶正。」

徐正感了興趣，雖然這次即使真的這麼調整了，也沒他什麼事情，他現在的角色很尷尬，他的代市長還沒轉正，沒特殊的情況動不到他的。

可是作爲一個官員，他對這些還是十分敏感，而且程遠離任，郭奎接班，這牽涉到在東海省哪一派勢力得勢的問題，一朝天子一朝臣，新的領導人會形成新的勢力，會清洗舊有的實力，這也是徐正必須要關心的。早一點知道官場變動確定的消息，也可以早一點從自己的角度進行佈局。

如何能融入新得勢的勢力，這是需要認真考慮的問題，因爲這關切到自己未來的發展。很多時候，就是一個選邊站的問題，一個人站錯了邊，可能他的未來就完蛋了。

東海省早就傳出程遠要離任的消息，畢竟他的年紀擺在那裡，在東海省，誰將成爲程遠的繼任者已經是討論很久的話題了，現在趙凱似乎在告訴自己答案。

徐正笑笑說：「趙董這個消息可靠嗎？」

趙凱說：「我這個朋友層次很高，他的話我是很相信的，不過，我也不知道他說的是不是會成爲現實，也許只是他的推測而已。」

幹部任命沒到最後一刻，沒有人敢說一定知道結果，往往一個小小的因素就可能扭轉整個佈局。趙凱這麼說代表著一種謹慎，不過他既然說可以相信，就表示這句話很有可能成爲事實。

趙凱的通匯集團植根於北京，必然有深厚的人脈，而且通匯集團實力雄厚，他能當回事說出來的朋友，必然不可小覷，徐正心裏就有了幾分相信，淡然的笑了笑，說：「每到這個時候，總是有這樣或者那樣的傳言出來，我們也只好姑妄聽之了。」

趙凱笑笑說：「對，對，我姑妄說之，你姑妄聽之。」

眾人就開始討論明天典禮的細節，細節談完，趙凱和章旻就說讓徐正休息，告辭離開了。

徐正這才問起給于副局長等重要人士準備了什麼禮物，傅華回答，幾經斟酌，他買了幾塊瑞士名表，這幾個人不論級別，一人一塊。徐正點頭表示認可。

第二天上午十點，海川大廈開業典禮和海川在京人士新春聯誼會隆重的登場了。

傅華作為主持，宣布典禮開始，首先由徐正代表海川市政府，對海川大廈的落成表示了祝賀，徐正感謝到場的各位來賓對海川大廈的支持，也感謝了順達酒店和通彙集團和駐京辦的通力合作。

其後，徐正又介紹了海川市目前的經濟發展狀況，希望各位來賓能夠對海川經濟發展大力相助。章旻作為順達酒店一方亦講了話，希望各方對今後順達酒店多加支持。鄭老則代表到場的嘉賓致辭。

傅華又邀請于副局長講話，于副局長推辭了，他說自己只是來祝賀的，鄭老講話就代表了他，他就不必要講了。

伍奕雖然捐了款，可這捐款並不是他十分情願捐助的，加上正好公司有事，所以他並沒有到場，這倒方便了陳磊，陳磊以海川市在京的成功人士代表身分上臺講了話。

陳磊似乎事先做了很好的準備，把他的磊實藥業使勁的吹噓了一番。陳磊講完之後，傅華宣布進行開業剪綵。十幾個嘉賓一字排開，各人拿著一把剪刀，一起將彩綢剪斷。

剪完綵，客人們被邀請到大廈內的海川風味餐廳中，客人依照座位上的名字入座，聯誼會便開始了。

徐正先舉杯敬了到場的客人一杯，感謝客人們百忙中還抽空來支持海川大廈，鄭老應酬了一下，大家便開始品嘗海川風味的菜肴。

上來的都是地道的海川家常風味菜，是鄭老很久都沒吃到的，讓鄭老讚不絕口，說自己彷彿回到了很久以前的父母家裏。

吃了一會兒，鄭老便提出告辭，老人家上了年紀，已經不太習慣這麼喧鬧了。傅華將他送到了樓下，安排羅雨將鄭老送了回去。

傅華知道鄭老的個性，也就沒準備什麼貴重禮物，送了他兩罐海川的蟚子蝦醬，這也是當地特色的土產，是選用海川海邊的蟚子蝦製成，營養豐富，香氣濃郁，可用來做出許多獨特的美味小菜。老人很高興的收下了。

傅華趕忙回去跟徐正敬酒，于副局長喝了兩杯之後，也準備離開，傅華知道他很忙，就和徐正一起送他，上車的時候，傅華將一個紙袋遞給了于副局長，說：「一點紀念品，于副局長別嫌棄。」

于副局長笑著接了下來，上車離開了。

于副局長走後，張副司長和其他幾位部門領導陸續的告辭，徐正和傅華一一將他們送走。

賈昊走的時候，傅華抱歉說：「今天太忙了，沒照顧好師兄。」

賈昊拍了拍傅華的肩膀，說：「我知道你顧不過來，我沒事。不錯啊，你在北京算是有根了。」

傅華笑笑說：「還需要師兄的支持。」

賈昊拿著禮物離開了。徐正和傅華回到聯誼會場，雖然重要的人物已經離場，可留下來的也是海川在京的人，徐正倒也不好厚此薄彼，只能應酬下去。

章旻和趙凱坐了一會兒，也先行離開了。

陳磊主動找徐正敬酒，向徐正介紹了自己的企業，徐正不知道是不是喝得有些興奮，竟然答應了陳磊去參觀他的企業的邀請。聯誼會在下午三點半結束，陳磊留到最後，便要把徐正接去參觀他的磊實藥業。

傅華心裏暗自佩服陳磊這個商人見縫插針的能力。這次徐正的行程很匆忙，市裏的事情本就很多，徐正需要明天就趕回去處理，也只有下午這個時間有一點空。

傅華忙活了大半天，已經很累了，可見徐正很有興致，傅華無奈，只好陪同前往。

到了磊實藥業，門口已經有人在等著歡迎徐正了，看來陳磊這傢伙是早有預謀，在參加聚會之前就已經做好了讓徐正來參觀的準備。

磊實藥業比傅華預計的要大，機械化程度很高，很多生產程序都是由電腦控制，很有一副高科技企業的樣子，徐正對此稱讚不已。

參觀完，陳磊留徐正下來吃飯，於是又是一番鬧騰。

席間徐正和陳磊喝得十分高興，二人談得十分興頭，徐正要陳磊有時間回海川看看，陳磊則說日後徐正再來北京，如果不到磊實藥業來，就是看不起他。兩個人喝酒喝得興致勃勃，只是苦了傅華，不得不強打精神應付著。

結束之後，陳磊親自送徐正回去，傅華則被陳磊安排人送回了家。

到了笙篁雅舍，傅華開了車門下了車，回頭跟司機揮手告別，司機將一個紙袋遞給了傅華，說：「這是陳總的一點小禮物，傅主任一定要收下。」

傅華說：「陳總真是客氣，我怎麼能又吃又拿的，還是不要了吧？」

司機說：「陳總交代，一定要你收下，你不收，我不好交代的。」

傅華也有些醉意了，心想：陳磊應該不會送自己什麼太貴重的禮物，便拿過紙袋，說了聲謝謝就上樓了。

進了家門，趙婷接過傅華手中的紙袋，問道：「拿著什麼啊？」

「磊實藥業送的紀念品，我也不知道是什麼。」

趙婷打開紙袋，一見竟然是塊手錶。傅華不由笑了，這世界還真是有意思，自己送人家手錶，人家也送錶給自己。

傅華拿來看了看，雖然不是什麼大名牌，可他知道這種款式的錶也需要幾千塊錢，想不到陳磊竟然送這麼重的禮給自己。

傅華有點爲難，這種東西自己是不會貪圖的，可是陳磊送給自己都是這樣的錶，那送給徐正的又是什麼?肯定只會比給自己的貴重。如果自己交出去的話，徐正不交，傅出去會讓徐正很尷尬的。

可是就這麼悄悄的收下，傅華又不願意。想了想，他又將手錶扔進了紙袋，他決定先拿到駐京辦去保管，也不說是什麼來歷，等看看徐正的反應再說，如果徐正不交出來，他再找機會將這塊手錶還給陳磊。

傅華大約也猜到徐正不會上交的，從當初章旻溝通順達酒店土地事項的時候，傅華就知道徐正並不是不收禮物的。

有時作爲一個官場中人是很無奈的，就算你不想收取別人的禮物和賄賂，可是那些需要求助你的人卻會千方百計的對你使出公關手段，想盡辦法來攻破你的防線。人都是有弱點的，如果找準位置，任何人都是可以被攻陷的。

現在這個社會，官場掌控了社會的大部分資源，很多人都在圍著官場中人轉，想盡一切辦法來打動官員們，冀以謀取利益，作爲官場中人，如果沒有十分堅強的意志，真是很難不被腐化。這可能是經濟飛速發展過程中的一種附生物吧，也是這個時代一個不受人民歡迎的黑色印記。

傅華回到駐京辦後，就將陳磊給他的那塊錶交給高月保管，說是別人送的禮物，先放在駐京辦，看將來能派上什麼用場。

傅華覺得沒必要還給陳磊，反正他已經送出來了，還是讓它爲駐京辦發揮點什麼作用吧。

到了一月中旬，年味就慢慢出來了，人們都沒有心思在工作上，開始忙活著準備過年，眼見這一年就要穩穩當當的過去了。

但有心人卻似乎不想讓日子就這麼過去，突然海川市委市政府每個部門都收到了一封檢舉信，檢舉信是舉報代市長徐正的，內容沒什麼新意，除了將當初有人向省裏舉報徐正的信全文照搬了下來。只是將開頭的省領導的名字換成了海川市各部門領導同志的名字而已。

徐正很快從劉超手中拿到了檢舉信，看了信，他倒抽了一口涼氣，信的內容就是原來秦屯發到省裏面的舉報信的內容。

上面的舉報倒是沒什麼實據，也沒人會認真去調查。可是人代會在年後馬上就要召開，這時候出來這麼一封信，一定會影響他這個代市長的形象的。

而且看這次檢舉信投寄的目標，都是海川官場上的重要官員，寄出這封信的目的不是要紀委部門對徐正進行查辦，而是要打擊徐正的形象，影響這次市長的選舉。

此刻看到這封信的人肯定是議論紛紛，很快海川就會流言四起，人們私下裏不知道會怎麼說他這個即將轉正的市長了。

對手這一招確實很陰損，很惡毒，徐正還無處還擊。

他不敢肯定這一次還是秦屯玩的把戲，他認爲秦屯還沒這個膽量興風作浪，跟上面對抗攪亂選舉。可是若不是秦屯，那又會是誰呢？誰不想他當這個海川市市長呢？

徐正想來想去也沒有頭緒。但不管怎麼樣，這封信肯定是來自一個有一定級別的人之手，因爲當初這封信是寄給省領導的，只有一定級別的人才有機會接觸到。

徐正滿心煩躁，卻沒有攻擊的目標，還得做出一副精神奕奕、什麼事情都沒發生的樣子，不然的話，海川市政壇又不知道會傳出什麼謠言了。

相同的時刻，有一個人跟徐正一樣的煩躁，那就是孫永。

他看到檢舉信的時候，氣得狠狠地將信摔到了桌子上，罵了一句：「混蛋，這不是胡鬧嗎？」就抓起電話打給秦屯，讓秦屯馬上就過來他的辦公室。

秦屯很快跑了來，手裏拿著信，進門衝著孫永晃了一下，說道：「孫書記，你看到這封檢舉信了嗎？」

孫永沒好氣的瞪了秦屯一眼，心說：你這不是明知故問嗎？這不是你當初搞出來的信嗎？你這傢伙怎麼也不看看風向，你這時候出來整徐正，實際上是在整我啊，因爲徐正如果不能順利當選市長，他必然要承擔一定的責任，省裏面會認爲他這個市委書記能力不夠，無法掌控海川的局面。便說道：

「你都寄到我辦公室來了，我能看不到嗎？」

秦屯慌亂的衝孫永擺了擺手，說：「不是，孫書記，這封信不是我弄的，我也不知道是誰這麼壞，把我當初寫的信全文照抄了下來。」

孫永見秦屯否認，愣了一下，問道：「真的不是你的把戲？」

秦屯說：「這封信擺明了是要擾亂海川市人代會的市長選舉的，我可沒這麼大膽量。再是孫書記你想，做這件事情對我來說也沒什麼好處啊，就算我現在能憑這封信整得徐正無法當選，我也不能在這個時候當上市長啊，反而成了一個有高度嫌疑的人，我想這時候很多人都會像孫書記想的那樣，認爲我是這件事情背後的主謀，你說這不是害我嗎？」

孫永想一想也是，即使徐正因爲這封檢舉信不能當選，也無法輪到秦屯來當這個市長，看來這封信是別有用心的人玩的把戲。而且這個把戲玩得十分巧妙，一石兩鳥，既打擊了徐正，也讓人把視線轉向了秦屯這些原本爭取過市長的人，爲整個事件找到了替罪羊。

孫永心裏倒抽了一口涼氣，如果他可以確認這封信是秦屯寄出來的，那他還可以壓得住秦屯，整件事情對他來說，局面還在他的掌控之中。可是如果不知道這封信是誰寄出來的，就不知道是誰在背後拿這封信做文章，這個風險就無法掌控了。

誰這麼搗亂呢，孫永想來想去也沒有一個明確的對象，他的頭大了。

秦屯見孫永不說話，看了看他，說道：「孫書記，這件事情不能這樣啊，要趕緊查一查是誰寄出的這封信。」

孫永瞅了秦屯一眼，生氣的說：「查什麼查？我查誰啊？你還嫌現在不夠亂嗎？」

「可是，做這件事的人擺明了是在借刀殺人，用心惡毒，一定要查出來。」

孫永不高興地說：「你有點政治頭腦好不好，馬上就要選舉了，你大張旗鼓的去查，鬧得人心惶惶，豈不是正好中了寄這封信的人的下懷嗎？前幾天，省委書記程遠還特別跟我說過這次市長選舉的事情，他希望我們市裡的這次選舉，一定要保證上面意圖不折不扣得到實行，大會要開得圓滿順利，如果出了任何問題，拿我是問。真要因爲查檢舉信造成了人們的逆反心理，影響了選舉，你替我負責啊？」

秦屯說：「那怎麼辦？就這麼放著？」

孫永說：「寄這封信的人，肯定是做過政治精算的，他知道這時候一切都以穩定爲主，不可能深查。不管它了，先把它放下來，一切爲了年後大會的選舉順利進行。我警告你啊，不准做什麼小動作，你要幫著我多做代表們的工作，一定要讓徐正順利當選。」

秦屯說：「我明白，我也不是一點政治頭腦都沒有的。」

雖然說要將舉報信置之不理，可是這封檢舉信就像一根魚刺一樣，深深卡在了孫永和徐正的咽喉上，令兩人十分的難受。可是這件事情，無論是徐正還是孫永都沒辦法澄清什麼，可是也不能任由事態就這麼發展。

在隨後的一次常委擴大會議上，孫永把這封信拿了出來，說：

「大家可能都看到這封信了，據我所知，徐正同志一向清廉，作風正派，工作積極努力。信上所寫根本就是捕風捉影，寫這封信的人，完全是在污蔑徐正同志，是別有用心的。眼下恰逢大會選舉臨近，我要求同志們不要相信信上的謊言，不要以訛傳訛，要全力維護這一次選舉的順利進行。」

這還是孫永第一次在公開場合這麼大力褒揚徐正，雖然他心裏不一定是這麼想，可是在這個時候，他只有和徐正齊心協力共同度過這一難關。

徐正在會上並沒就這件事情做任何的表態，他在這時候是無法說什麼的，無論怎麼說都是沒有說服力的。

孫永仍然不放心，又分別找了一些他認爲可能出問題的人談話，向他們強調了這次大會的重要性，希望這些同志在關鍵的時刻，跟組織站在同一位置上，支持組織的意圖。同時，這一次一些別有用心的人妄圖通過這種卑鄙的手段干擾組織工作，這是絕對不能允許的。組織上的態度很明確，一定不能讓這一小撮人的邪惡企圖得逞，一定會查明真相，追究到底。

海川政壇的氣氛變得越發詭異了起來。

孫永越是想要平靜，人們私下裏越是議論紛紛。有人說是常務副市長李濤想要爭取當市長沒得逞，因此才會寄出這樣一封舉報信來，想讓徐正也無法當這個市長；也有人說，是副市長秦屯在背後弄的把戲，目的跟李濤一樣；還有人想到了市委副書記身上……

反正海川市內級別凡是達到能接任市長的人都被說了個遍，什麼樣的可能都被人們說到了，莫衷一是。

流言鬧得李濤都坐不住了，他找到了徐正，跟徐正解釋自己並沒有這種想法，反倒把徐正逗笑了。他對李濤還是信任的，便說：

「老李，我到海川來之後，你是對我支持最大的人，我懷疑誰也不會懷疑你的。」

李濤放下了心，便說：「徐市長您能信任我最好了，我做工作這麼多年，從來都是積極維護組織意圖的。現在有人說到了我的頭上，真是不知所謂。」

徐正安撫他說：「老李，你不要自亂了陣腳。」

李濤看了看徐正，說道：「徐市長，你這麼氣定神閒，是不是你已經知道是誰做的了？」

徐正心說我心裏也亂得要命，只是我如果不做出一副氣定神閒的模樣，那海川的人還不知道會在背後怎麼議論呢。

徐正淡淡一笑說：「我也不清楚，只是我知道，這個人這麼做就是想打亂這次選舉，想攪亂組織的安排，我穩住，就是不想讓他得逞。」

李濤說：「你猜會不會是秦屯在背後搞的鬼？」

徐正搖了搖頭，說：「不會，秦屯沒這個膽量跟組織鬥法，你沒看這次孫永也很著急嗎？秦屯也不敢跟孫永搗鬼的。」

李濤說：「那就怪了，除了他，我猜不到還會有誰做這樣的事情。」

徐正笑笑說：「我也猜不到，所以索性不猜了。老李啊，古人說每逢大事要有靜氣，我想我們還是靜觀其變吧，大會馬上就要召開了，誰在背後搞鬼，在大會上一定會露出馬腳的。」

李濤點了點頭，徐正說的確實很對，如果某些人要搞鬼，他們一定會在大會上跳出來的。便說：「還是徐市長您想的全面。」

徐正可以放下這個謎不去猜，可是海川市的老百姓卻無法放棄對謎底的好奇，他們還是不斷在猜測究竟是誰在背後搞鬼，新的想法不斷湧現，就在這猜來猜去中，年節到了。

孫永和徐正變得更加忙碌，又是春節團拜，又是慰問各界勞工或是生活有困難的低收入戶，兩人接連的紅光滿面地出現在海川市的新聞中，一副喜慶的樣子。

傅華這段時間也是忙得不亦樂乎，春節前，他馬不停蹄的將各部委有聯繫的官員的春節禮物分送下去，春節後，他又四處給人拜年。中國人最重視這個春節，如果你遺漏了哪個人沒把禮物送到，沒給他拜到年，怕是會得罪人的。

海盛置業的鄭勝這段時間也忙得要命，每到年關，是企業最忙的時候，也是最頭疼的時候，更是最花錢的時候。各方面需要去打點，有些單位還會主動上門來要，還有些需要送上門去，

這些都需要考慮到，跟傅華一樣，哪一方面考慮不周到，也是會得罪人的。

進入了正月，鄭勝就輕鬆了下來，拜拜年，跟朋友喝喝酒，請人也被請，鬧騰幾天，時間就過去了。

初五晚上，鄭勝跟朋友喝得有些興奮了，渾身便有些脹熱，想起年底忙得有幾天沒去跟情人小娟過夜了，便帶著兩名保鏢去了小娟家裏。

小娟跟他黏黏糊糊做了一番好事，完事之後，鄭勝十分疲憊，加上酒勁上來，便留在小娟家裏過夜。

半夜，鄭勝忽然感覺有人在拍他的臉，他以爲是小娟，便煩躁地伸手撥開，嘟囔了一句：「一邊去，我要睡覺。」

那人嘿嘿的笑了起來，聲音很低沉，彷彿是從地獄裏傳來的，鄭勝猛地一驚，他聽出來是一個男人的聲音，不是小娟的聲音，頓時毛骨悚然。

睜開眼睛一看，眼前是一個穿黑色衣服、戴著頭套的傢伙，黑夜中只能看見他有如夜貓一樣的一雙眼睛，正虎視眈眈的看著自己。

在這漆黑的深夜，有這麼一雙眼睛盯著自己，鄭勝嚇得以爲見到鬼了，渾身篩糠一般發抖了起來，想叫叫不出來，想動動彈不得。

那人輕聲笑著說：「別抖了，鄭勝，再抖，我的刀子說不定會劃破你的咽喉的。」

鄭勝這才注意到自己脖子下面還架著一把明晃晃的尖刀，刀尖直指著他的咽喉，輕輕一送就可能要了他的命。

有人聲，鄭勝就知道不是鬼，是人了，他想要強壓著自己不要發抖，可是身體由不得他，還是止不住顫抖，他乞求道：

「這位好漢，你放過我吧，你要什麼？你要什麼我都可以給你。要錢嗎，我可以給你很多錢，要女人？我海盛莊園那裏有很多，連俄羅斯的小妞都有。」

那人笑咪咪地不緊不慢地說：「小點聲，如果弄醒了別人，喊叫了起來，我的這把刀可就要見血了。」

鄭勝看了看身邊的小娟，這臭女人還什麼事情都不知道酣睡著，他不敢違抗那人的命令，生怕聲音高了驚醒了小娟，於是聲音低了下來，說：「行行，我都聽你的，好漢，你就說你想要什麼吧？」

那人笑笑說：「如果我說想要你的命呢？」

鄭勝一聽慌了，立即說：「好漢，我的賤命不值錢，你放過我吧，我一定會好好感謝你的。」

那人笑了，說：「你也別緊張，我不想要你的命，別髒了我的手，除非你不聽話，逼著我對你下手。」

鄭勝連忙說：「我聽話，我聽話，我一切都聽好漢的。」

那人說：「聽話就好，知道我為什麼來找你嗎？」

鄭勝搖了搖頭，說：「不清楚，好漢你說，我哪裡做錯了，我一定改。」

那人說：「你惹到了你惹不起的人了。」

鄭勝愣了一下，他在海川地面上跋扈慣了，有很多對頭，這也是為什麼他行走都帶著保鏢的緣故，便問道：「好漢，我得罪了誰啊？」

那人說：「你好好想想。」

鄭勝說：「是不是徐市長啊，我知道錯了，我不該寄那封徐市長的匿名信的。」

原來前幾天出現在海川各部門的檢舉信，是鄭勝寄的，他一直對徐正耿耿於懷，恰巧他在省裏一個認識的人手裡有舉報徐正的那封檢舉信，他就照葫蘆畫瓢，複製了很多份，寄給海川各部門。

他想，到時候即使不能阻撓徐正的當選，也會讓徐正很不痛快。沒想到這封檢舉信引起了海川市政壇高度的重視，不但徐正緊張，連孫永也緊張了，聲稱一定要追查到底。

這讓鄭勝害怕起來，怕事情追查到自己頭上，也就不敢再有進一步的舉動了。反正這件事情已經讓徐正很不痛快了，自己也算出了一口氣。

眼前這個人說自己惹了惹不起的人，鄭勝第一時間就想到徐正，想到了這件事情，因此脫口而出。

那人笑了，想不到竟然問出一樁疑案來，這倒是一個意外的收穫。

那人說：「原來鬧得海川沸沸揚揚的匿名信是你寄的，你真行啊。」

鄭勝愣了一下，心說：原來這人不知道自己寄匿名信的事情，看來自己猜錯了，這人不是徐正派來的。

鄭勝問：「好漢，您不是徐市長派來的，那是誰派來的？」

那人笑笑說：「你再想想看。」

鄭勝又說了一個公司老總的名字，這個老總因爲欠他的錢，被他派人狠狠地揍了一頓，他懷疑是這個老總找人來報復。

那人又搖了搖頭：「不對，你再想想。」

鄭勝又說了一個人，可那人還是搖頭說不是。

鄭勝慌了，他實在想不出還有什麼人會這麼報復自己，就又胡亂說了幾個名字，那人笑了，說：「鄭勝，你對頭還真多啊。但你還是沒猜對。」

鄭勝說：「好漢，爺爺，我實在想不出來了，您別玩我了，給我點提示好嗎？」

那人笑了笑，說：「原來我有這麼大的孫子了嘿。好了，看你這麼乖，我提示你一下，你還記得那輛沒有牌照的土頭車嗎？」

吳雯？鄭勝驚叫了一聲，呆住了。

第九章

驚弓之鳥

回去後，鄭勝馬上讓保安加強海盛莊園的警戒，
並把兩名保安調到身邊做保鏢，
還向身邊的朋友打聽有沒有特別好身手的保鏢。
此時鄭勝已如驚弓之鳥，如果沒有保鏢在臥室門口值班，連睡覺都不敢了。

這是一個他想破腦袋都不會想到的人物。那麼一個看上去嬌嬌弱弱的漂亮女子，想不到竟然這麼神秘莫測，背後還有這樣一個神秘人物在。

原本他以爲最好欺負的人，原來是最難惹的。這吳雯也真沉得住氣，事情都過去幾個月了，才派人找上門來。

那人豎起了中指，噓了一聲，要鄭勝低聲一點。

鄭勝連忙低下聲來說：「我明白，不能驚醒別人，好漢爺，你是吳雯派來的？」

那人說：「這麼說，你承認派土頭車去撞吳雯的是你了？」

鄭勝乾笑了一下，說道：「不好意思，那是我犯糊塗了，我錯了。其實我只是想嚇唬嚇唬吳總的，跟吳總開個小玩笑，沒想到吳總還當真了。」

「是嗎，開個玩笑對吧？嘿嘿，你敢拿吳總的性命開玩笑，那我這也是跟你開玩笑。」說著，那人刀尖往前一送，頓時挑破了鄭勝脖子上的皮膚，血流了下來。

鄭勝覺得脖子上一疼，看來這個人想要取他性命，他嚇壞了，連忙說：

「對不起，對不起，我那不是玩笑，是真想要吳總的命。好漢爺，我現在知道錯了，你要我做什麼都行，你饒過我這個孫子吧，回頭我去給吳總磕頭賠罪，她的車被撞壞了，我出錢賠償她，行嗎？」

那人這才停止繼續往前送刀尖的動作，說：「你給我聽清楚了，頭你不用去磕，車也不用你賠，我並不是吳總派來的。不過，吳總是我大哥在罩著的，我大哥對你的做法很不高興，你竟然敢動他罩著的人。」

鄭勝告饒說：「我事先也不知道吳總是好漢爺的大哥罩著的，我如果知道，打死我也不敢去招惹她。好漢爺，那我去給您大哥磕頭賠罪。」

那人不屑地說：「你算什麼東西，也想見我大哥。」

鄭勝說：「我不算什麼東西，那好漢爺幫我帶個話給您大哥，我錯了，我再也不敢去招惹吳總了。您就饒過我吧。」

那人笑笑說：「算你聰明，照我大哥原來的脾氣，弄死你都是可能的，不過他老人家現在心善了許多，覺得可能你不知道吳總是他罩著的，因此決定再給你一次機會。他讓我告訴你，以後吳總的安全就交付在你身上，今後只要她少了一根毫毛，他就會派人再來找你，不過，那個時候他就不會再放過你了，刀可不止扎這麼淺了。」

鄭勝聽這個人要放過他，鬆了一口氣，說：

「我明白，我明白。我向您保證，今後我絕對不再去招惹吳總了。誒，好漢爺，您能不能告訴我您這位大哥是誰啊？」

那人笑笑說：「怎麼，想知道我大哥的名字好報復啊？」

鄭勝慌忙說：「不敢不敢，我不問了。」

那人把刀尖往上抬了抬，說：「現在你慢慢轉過身去，雙手抱著頭趴在床上。我警告你啊，你如果想對我不利，我這刀子可不長眼。」

鄭勝說：「不敢，不敢。」說著慢慢轉過身，雙手抱著頭趴在了床上。

那人又用刀子在鄭勝脖子上頂了一下，說：「過半個小時才准轉過來啊，否則我弄死你。」

鄭勝說：「好的，好的。」

鄭勝感覺刀子被抽走了，那人似乎離開了，可是並沒有聽到那人離開的聲息，他不敢亂動，依舊趴在那裏。

時間變得漫長起來，鄭勝心裏充滿了恐懼，趴在那裏絲毫不敢稍微動一動，過了好長一段時間，他感覺肯定過了半個小時了，才敢慢慢回過頭去看背後，背後空空如也，那人不知道什麼時候早就消失了。

可怕啊，這個人來去都毫無蹤跡，這真要取自己的性命還不是易如反掌？而且這個人在自己面前談笑風生，絲毫沒把自己帶來的保鏢看在眼中，說明這個人膽量和身手都超出常人。

這個人是從哪裡來的？沒聽說過海川地面上還有這麼一號人物啊？這樣的人物竟然還是供人差遣的小卒，那他後面的那位大哥又是什麼樣的人呢？他會厲害到什麼程度呢？鄭勝不寒而慄。

按說自己在海川地面上打滾這麼多年，也算一個老地頭蛇了，海川形形色色的人物都打過交道，這麼一個厲害的角色，就算自己沒接觸過，起碼也應該聽說過，怎麼自己想來想去就是沒一個人可以對得上號呢？這個人如果不是不存在，那真是太低調了，低調到就連自己這個老地頭蛇都不知道的程度。

鄭勝坐在那裏，摸著脖子上已經不流血的傷口，越想越怕，過了好半天心才定了下來。

這時再看看身旁的小娟，小娟還在熟睡，絲毫沒察覺身邊發生了什麼事情，想到自己剛才都被人刀架在脖子上了，這個臭女人還啥事不知，鄭勝滿心氣惱，一腳將小娟踹到了地上，罵道：「死豬，還睡！」

小娟不知道怎麼回事，搓著眼睛問道：「勝哥，你怎麼了，半夜三更的，睡得好好的，發什麼神經啊？」

鄭勝越發氣不打一處來，上去又踹了小娟幾腳，罵道：「死豬，腦袋差點搬家了還不知道。」

小娟清醒了很多，恐懼地看著鄭勝，問道：「怎麼了？我做錯什麼了嗎？」

鄭勝懶得跟小娟解釋，站起來開了燈，去了隔壁房間，見兩名保鏢還睡得跟豬一樣，心說請這兩個廢物有什麼用，上去就給每個人賞了兩巴掌。

這兩名保鏢也是彪形大漢，什麼時候在睡覺中被打過，被打醒了之後，立即要發火罵人，一看鄭勝正掐著腰，氣哼哼站在床前，趕忙站了起來，說：「鄭總，怎麼了？」

鄭勝上去每人又賞了兩巴掌，罵道：「你們兩個廢物，我請你們來是保護我的，不是讓你們睡大頭覺的。你們一點警覺性都沒有，被人摸進來了知道嗎？」

兩名保鏢一聽，立即作出一副警戒的樣子，四處看著，問道：「誰誰，在哪裡，在哪裡？」

鄭勝氣得上去又是兩巴掌，罵道：「人家早就走了，你們現在做這個傻樣有屁用。還不趕緊給我檢查一下，看看人是從哪裡進來的。」

兩名保鏢就四下查看，小娟的家門窗完好，絲毫看不出曾經被撬過，查看了半天，竟然看不出有人來過的痕跡。也不知道這人是怎麼進來，怎麼離開的。

鄭勝越發感覺後背發涼，他想要趕緊逃離這裏，不過外面黑漆漆的，這個時候離開，他也害怕在路上被伏擊，現在的他已經有點草木皆兵了。

想來想去，他把保鏢叫到了小娟的房間，讓兩人坐在那裏看著他和小娟，就這樣勉強熬到了天亮。

天亮之後，鄭勝逃也似的離開了小娟的家，立馬趕回了海盛莊園。

回去後，鄭勝馬上讓公司的保安加強海盛莊園的警戒，並把兩名保安調到身邊做保鏢，這下他身邊有四名保鏢了，可是他仍然不能安心下來，還向身邊的朋友打聽有沒有特別好身手的保鏢。

此時鄭勝已如驚弓之鳥，如果沒有保鏢在臥室門口值班，連睡覺都不敢了。

省委副書記陶文初八來到了海川，第二天就是海川人代會開幕的日子，他是來督導這次海川市市長的選舉的。

省裏面已經知道了徐正被寄匿名信的事情，生怕人代會選舉出什麼問題，就把陶文安排了下來。省委書記程遠還親自打電話給孫永，詢問孫永究竟能不能掌控海川的局面，人代會會不會出什麼問題。

孫永心中暗罵發匿名信的人，他不能讓程遠看出他底氣不足，那樣會讓程遠懷疑他這個市委書記能力不夠，就作出一副信心十足的口氣說：

「程書記，您放心，我已經做了嚴格的部署，保證能讓這次選舉順利進行。」

程遠說：「你給我打起十二分的精神來，不能有一點點的疏忽，你要知道，現在的媒體那麼發達，尤其是網路大軍，更是無所不知，如果海川這一次選市長出了大問題，那很快就會在網路上傳開，就會成爲一個影響很大的政治事件，到時候，不光你們海川市委沒了面子，就是省委也會很難堪。」

孫永說：「您放心吧，我們已經跟各個代表團的團長進行了嚴肅的談話，他們會關注人代會上每個代表的表現，確保不出一點問題。」

孫永確實已經找過每個代表團的團長，他下了死命令，要求每個團長都要確保他那個代表團不出一點問題，哪個團出了問題，那個團長就等著受處分吧。

程遠說：「希望你能做到，我還是那句話，出了什麼問題，我唯你是問。」

孫永說：「是，我保證做到。」

程遠放下了電話，孫永擦了一把額頭的汗水，心裏暗自叫苦，他實在不知道人代會上可能會發生什麼事，這個保證是硬著頭皮做出來的，這一次說不定會搭上自己的政治生命，這怎麼能讓他不叫苦呢。

海川街頭掛起了祝賀兩會順利召開的橫幅，一片喜氣洋洋的景象。人代會正式開始了。

陶文、孫永、徐正都正襟危坐地坐在主席臺上。雖然外表看上去，每個人都貌似很輕鬆，實際上每個人的心都懸在半空中，生怕出什麼狀況。

徐正首先代表市政府向大會做政府工作報告，他的聲音低沉有力，看上去信心十足。然後是分組討論政府工作報告，孫永和徐正等市級領導深入到各代表團，同代表們座談。

他們很注意代表們的動向，唯恐其中出現什麼不好的動向。雖然這種討論往往是走過場，說套話、唱讚歌的多，並沒有什麼實際的意義。

幾天的討論下來，孫永和徐正和各代表團團長等人精神都高度緊繃，卻一點不好的苗頭都沒發現，這讓他們十分的困惑不解。

正式選舉的時刻終於來到了，代表們的神情肅穆了下來，一個一個認真的填寫著選票。

程序都是固定的，孫永首先走到票箱前，在鏡頭前將自己的選票放進了票箱中，然後是徐正，然後是……

直到選票都被放進了票箱，孫永和徐正仍沒有放下心來，相反，他們的心懸得更高了，誰也不知道代表們受沒受徐正的那封檢舉信的影響，相應的，誰也不能確保徐正一定會當選。

點票結束，徐正竟然全票當選，這讓孫永和徐正都沒有想到，到這個時候，他們的心才真正放了下來。

其實在這上上下下高度關注選舉的時刻，沒有一個代表敢拿自己的政治生命開玩笑，他們都老老實實按照組織的意圖給候選人投上一票。更何況，那個在背後搞鬼的鄭勝剛被教訓了一通，已經龜縮在海盛莊園裏，不敢再出頭露面了。

李濤依舊出任常務副市長，其他的副市長包括秦屯，也照舊當選。主席團成員都坐到了主席臺上，孫永宣布徐正正式當選海川市市長。掌聲雷鳴般響起，徐正站起來向大家鞠躬表示感謝。

隨即徐正發表了當選致辭，這一刻，他感覺自己終於正式成爲海川市的主政者了。徐正講得慷慨激昂，感謝了代表們對他的信任，又感謝了省委和市委對他的支持，他一定不辜負廣大海川市民對他的殷切希望，爲海川市的經濟發展竭盡全力。

陶文也很高興選舉順利結束，他原本還擔心會有什麼狀況發生呢，現在看來，那封檢舉信很可能是一場惡作劇，折騰得上上下下緊張了這麼長時間。

會議結束的時候，陶文講了話，他代表省委和省政府對大會圓滿順利結束表示祝賀，省裏對這一次海川市的選舉十分滿意，說明海川市廣大幹部是靠得住的，這是一次團結的大會，一次勝利的大會。

選舉完之後，陶文就返回省裏，一切似乎又回歸了寧靜。

孫永在慶幸選舉順利的同時，心中始終還是有一個困惑，那就是究竟是誰寄出了那封檢舉信呢？選舉順利進行，似乎說明這封信的目的不是干擾選舉的，那他的目的是什麼？這讓孫永百思不得其解。

秦屯對這件事情也是十分的不解，他找到了孫永，說：

「孫書記，你覺不覺得這次的選舉怪怪的，選前突然蹦出來那麼一封信，搞得上上下下十分的緊繃，選舉卻進行得出乎意料的順利，沒有一個人出來搗亂，徐正全票當選。這我就有點不明白了，既然沒有人要搗亂，那麼寄這封信的人是什麼意思？」

孫永搖了搖頭，說：「這也是我想不透的地方，難道這僅僅是一個惡作劇？奇怪啊，現在誰會這麼無聊，做這種事情。」

秦屯說：「我覺得不可能是惡作劇，孫書記，你看有沒有這種可能，是徐正自己弄的手腳？」

孫永愣了一下，說：「不會吧，徐正這麼搞，不是給自己找麻煩嗎？」

秦屯說：「我倒覺得整個事件中，徐正是得利最大的一個，全票當選，這說明什麼，說明他很受海川人大代表的信任。至於給他自己找什麼麻煩，表面上看，好像這封檢舉信是攻擊徐正的，可仔細分析根本就不是這麼回事。那封信，省裏領導已經是過目過的，大家都知道上面的內容沒有什麼證據，也就是無法查證的，這時候再拿這封信出來，便是有人故意在跟徐正搗亂，省領導只會認爲是有人不想讓徐正當選，而不會認爲徐正又出了什麼問題。孫書記，你看出來沒有，這是一招很高明的棋啊，這封信搞得你也跟著緊張，不得不全力保證徐正的當選。」

孫永說：「你是說，徐正在用反其道而行之的手法？不會吧，這太冒險了，如果運用不當，會適得其反的。」

秦屯說：「那難道還有別的解釋嗎？我可想不出來還有別的可能性。」

孫永想了想，還是堅決搖了搖頭，說：「雖然我沒有別的解釋，但我還是不相信徐正會這麼做，這個賭局太大，徐正不敢。」

秦屯說：「反正我覺得這件事情很邪門。」

孫永雖然不相信徐正會做那樣的事，可是他對這次徐正的當選，心裏也是很不舒服的，雖然他這次全力保駕護航，讓徐正過關，不過這是被程遠逼著去做的，他心裏巴不得徐正被搞掉呢，便說：

「你先不要去管這件事情了，說說你有沒有發現徐正什麼有用的資訊？」

秦屯說：「海通客車那邊倒是有一點不太正常，財務科的科長沈荃原來是我的部下，他跟我說了一個情況，百合集團原來說要用來併購的資金是進來了，可是高豐不肯動用，原本規劃是要用這筆錢引進新設備的，廠裏面的工人們對這個很有意見。」

「這個情況倒很值得關注，那個廠長辛傑是什麼態度？」

「辛傑的態度很難捉摸，雖然他是我們海川方面的人，可他對高豐的百合集團一味地迎合，什麼都以高豐馬首是瞻，壓制工人們的意見，根本就不敢跟高豐提及更新設備這個問題。倒是對高豐大力發展汽車城的房地產行爲很是贊同，海通客車工作重點都放在了這上面。」

孫永說：「這個高豐是不是想用房地產來套利啊？如果要拿海通客車那塊地發展房地產，我們市裡自己就會發展了，何必要引進百合集團呢？」

「對啊，高豐這麼做是有套利的嫌疑，我們現在的招商工作就是這樣，光看對方說可以投資多少，根本就不注意實效。這些商家都是精明透頂的，我們稍微一不注意，就會被他們賺了便宜去。」

孫永說：「賺了便宜去倒無所謂，無利不起早嘛，人家來投資也是要賺錢的，只要他對我們有實際性的幫助就好，就怕他只想剜我們的肉，不想幫我們的忙。你讓那個沈荃要多注意一下百合集團的動態，如果他們的資金進來了，那可是好幾億，高豐不可能放在那裏不動等著吃利息的，他一定會有所動作的。」

秦屯看了看孫永，說：「他會做什麼？」

「我想這筆資金他很可能會挪作他用，從辛傑那麼服從高豐來看，說不定他早就被高豐收買了，到時候如果高豐要轉移資金的話，辛傑一定不會反對，所以要密切注意他們。這個項目是徐正的政績之一，只要出了問題，徐正就不好交代了。」

「我知道了，回頭我會跟沈荃講的。」

孫永說：「要他注意收集與徐正有關的東西，最好是能把徐正牽連到其中的資料。」

「好的。」

在辦公室裏的徐正接到了吳雯的電話，吳雯笑著說：「祝賀你啊，順利當選爲新一屆海川市的市長。」

比起開人代會的時候，徐正現在氣定神閒了很多，笑著說：「謝謝吳總了，這是海川廣大市民對我的支持。」

吳雯笑笑說：「我本來想邀請徐市長到我們賓館，設宴爲您慶祝一番，可是鑒於目前這個狀況，還是等以後有機會吧。」

徐正笑說：「看來吳總也知道匿名信的事情了。」

「現在海川市民還有不知道這件事情的嗎？我真是很討厭這些人一再拿我給徐市長製造麻煩，幸好您這次也沒受什麼影響，不然我真是要不好意思了，唉，現在這些人啊，腦子裏淨想些齷齪的事情。」

徐正笑笑說：「沒事的，這一次我是有驚無險，你也別太介意了，別人要怎麼想，那是別人的事情，我們管不著。你那邊的工程還好吧？」

吳雯說：「現在進入冬歇期，工人們都放假了，工程停在那裏，倒沒什麼事情。」

徐正又問：「自那次車禍事件，再沒人找過你麻煩吧？」

吳雯笑笑說：「沒有，一切還好。」

徐正說：「反正你要小心些，一個女人忙這麼大的事業不容易啊。」

吳雯笑說：「謝謝徐市長關心，我要掛了，再次祝賀你順利當選。」

徐正便說：「那再見了。」

吳雯掛上了電話，坐在一旁的小田說：「吳總，不用告訴徐市長，是鄭勝搞的匿名信這件事情嗎？我想他肯定是很想知道這個情況的。」

原來那一晚進入鄭勝和小娟臥室的男子，就是這個小田。他在摸清了鄭勝的一切基本情況之後，跟劉康作了彙報。

劉康聽完，便問：「你有沒有把握去嚇一嚇鄭勝？」

小田笑笑說：「嚇他做什麼，依我說，乾脆狠狠地教訓他一頓，讓他永遠不敢再找吳總的麻煩算了。」

劉康否定了小田的想法，說：「皮肉之苦他很快就會忘記的，上策伐心，我們要讓他記住的是那種恐懼的感覺，那種一想起來就會恐懼的感覺。」

小田笑說：「那就照劉董您的吩咐去做吧。」

劉康說：「不過，這個你一定要有十分的把握，如果搞砸了，後果先不要去想，你的人身安全就沒有保障了，你跟了我這麼些年，我可不想你受傷。」

小田笑了，說：「劉董，我的身手你還不知道嗎？」

劉康笑笑說：「你的身手我很清楚，可是鄭勝帶著的那兩個保鏢的身手我不清楚，所以我想聽聽你對他們兩個的看法。」

「那兩個是花架子，我看過他們的身手，我想如果我出手，他們單人不能在我面前走上兩個回合；如果他們兩人合力攻擊我，大概五個回合我就能放倒他們。」

劉康想了想，說：「五個回合已經足可以讓鄭勝逃脫了，你還是不要跟他們正面衝突了。你想辦法避開這兩個保鏢，直接面對鄭勝，能找到這個機會嗎？」

「這好辦，我觀察到鄭勝有一個相好，叫什麼小娟，在她那兒，鄭勝的防衛是最弱的，我可以在半夜的時候進去找鄭勝。」

「那就行，不過要注意，能做到才做，不能做到就不要強做。」

「我知道。」

「再是要讓他知道這件事情是因吳雯而起，但是不要告訴他，你是吳雯派去的，知道怎麼做嗎？」

「我知道。」

「一切順利就罷了，算鄭勝命大，一旦中途出了問題，乾脆就做了他，不要留下後患，知道嗎？」

「我知道了。」

於是才有了小田夜探小娟家這一幕。鄭勝也很幸運，那兩名保鏢和小娟睡得跟死豬一樣，也就沒惹到小田這個煞星，保住了性命。

吳雯笑了笑，說：「告訴他幹什麼，他如果問我消息來源，我怎麼回答他？說是你半夜用刀逼著鄭勝交代的嗎？」

小田笑說：「你也可以告訴他，是聽朋友說的。」

吳雯說：「那就沒有可信度了，對徐正來說也沒什麼幫助。」

小田說：「那倒也是。只是便宜了鄭勝了，劉董不讓我動他，徐市長這裏也不能告訴他，這下子沒人收拾他了。」

吳雯笑笑說：「小田，你半夜三更鬧那麼一齣，我想鄭勝肯定嚇壞了，今後一段時間，我估計他都要睜著眼睛睡覺了，這下子也算教訓他了。」

小田說：「吳總你就是心善，要換在我剛跟劉董那會兒，非弄死他才解氣。劉董這幾年也不知道怎麼了，變得狠不起來了。」

吳雯說：「乾爹是那個心境沒了，他的人生歷練已經到了一個階段，很多事情都看透了，自然就狠不起來了。小田，你還年輕，等你到了乾爹那個年紀，我想你也會像乾爹這麼想的。」

小田笑笑說：「也許吧。吳總，我看海川這邊基本上沒事了，我想回北京劉董身邊去。」

吳雯看了看小田，說：「能不能再待幾天，我怕鄭勝再有什麼，你留在這裏，我心裏安定些。」

小田說：「沒事的，鄭勝那兒，我想借他一百個膽子他也不敢了，再說，我帶來的這兩名兄弟，劉董交代說就留在海川保護吳總，這兩名兄弟是我一手帶出來的，身手還可以，你出入都帶著他們，應該就沒事了。」

吳雯笑笑說：「你就那麼急著回去啊？」

小田說：「海川沒什麼好玩的，我在這邊沒事幹也悶得慌，劉董也交代說，事情搞定之後就讓我回去他的身邊。」

吳雯點了點頭，說：「好吧，小田，乾爹可能也需要你在他的身邊幫他，那你就回乾爹身邊去吧，這一次真的謝謝你了。」

說著，吳雯打開了房間裏的保險櫃，拿出了兩萬塊，放到了小田面前：「這點錢你拿著吧。」

小田搖了搖頭，說：「吳總，這錢我不能收，劉董交代的事情，我怎麼能再收你的錢呢？」

吳雯笑笑說：「雖然是乾爹派你來的，可你這一次確實幹得很漂亮，這是給你回北京的路費，拿著花吧，跟我客氣什麼。」

小田這才把錢收了起來。

吳雯說：「回北京幫我好好照顧乾爹，跟他老人家說，過段時間，等海川這邊穩定下來，我就回去陪陪他老人家。」

小田笑著說：「這倒是真的，劉董雖然不說，可是他挺想你的，你不在北京，他顯得鬱悶多了。」

吳雯笑笑說：「我知道了，我會多打電話給他跟他聊天的。」

傅華在北京得到了徐正當選爲市長的消息之後，雖然這是意料之中的結果，可畢竟是頂頭上司正式成爲市長，應該表示祝賀，他馬上就打電話給劉超，讓劉超表達自己祝賀之意。

劉超將電話轉給了徐正，徐正對傅華的祝賀表示了謝意之後，問傅華總局審批新機場的情況有什麼最新的進展沒有。

徐正把新機場當成他任內一定要做成的一件大事，因此時刻掛在心上。

傅華報告說：「一切進展順利，我給于副局長拜年的時候，于副局長跟我說了，我們的報告已經被局裏面批准了，只是因爲過年，機關裏都無心處理公務，相關的文件還沒有完成，等過了這段時期，他就督促著儘快下文。」

徐正高興地說：「好，好，這項工作總算有點眉目了。」

傅華又說：「于副局長說，列入國家機場建設規劃之後，下一步，國家民航總局就要對我們海川新機場進行場址複核審批，市裏要早做好準備。」

徐正交代：「市裏一定做好相應的準備工作，如果列入了國家機場建設規劃，以後要做的工作還多著呢，可行性研究報告、環境測評等等這一連串的工作，一直到國家發改委正式立項，這些都在等著我們去做呢，傅華同志，要做好打持久戰的準備啊。」

傅華笑著說：「我會配合徐市長，做好這一切的工作的。」

「好好努力吧，做好新機場這項工作，你和我都會寫入海川市新機場建設的歷史的。」徐正說道。

傅華心說：寫入新機場建設歷史的會是主政海川的市長，而不會是他這個跑前跑後的駐京辦主任，歷史記住的永遠只有領導者的名字，而那些幫助領導者成就豐功偉績的小人物，往往是被忽略不記的。雖然很多時候少了這些小人物，那些豐功偉績是很難成就的。

傅華便笑笑說：「謝謝徐市長的勉勵。」

傍晚時分，傅華接到趙婷的電話，「老公啊，你晚上去我爸家找點飯吃吧，我不回去吃飯了。」

傅華說：「你又在外面玩什麼啊?連自己老公都不顧了。」

「下午鄭莉姐、章鳳姐還有徐筠姐一起過來了，我們四個姐妹逛了一下午街，鄭莉姐就提議說要在外面吃飯，吃完飯我們還要去泡吧。嘿嘿，我們要好好放鬆放鬆。」

傅華笑說：「你們倒是挺能瘋的。」

這時，鄭莉把電話搶了過去，笑說：「傅華啊，今天老董好不容易晚上有事，徐筠空出時間來了，我和章鳳都是一個人，自由自在，就你老婆事多，說害怕你不高興，怎麼樣，你不會霸著你老婆不放吧？」

傅華笑了，說：「好啦，我還沒那麼大男人主義，不過鄭莉，你跟小婷說，你們泡吧歸泡吧，別喝太多了。」

鄭莉笑笑說：「好啦，我會幫你看著你老婆的。」

傅華說：「好吧，那你們去玩吧。」

鄭莉就掛了電話，傅華搖了搖頭，心說現在這幾個女人相處得倒越來越融洽了。

晚上，傅華去了趙凱家，趙凱外面有應酬，沒有回來吃飯，只有趙淼和岳母在家裏。

吃飯的時候，趙淼跟傅華說：「姐夫，我有件事跟你說。」

傅華問說：「什麼事啊？」

「你那海川大廈不是營業了嗎？你能不能跟爸爸說一下，讓我過去幫你啊？」

傅華愣了一下，說：「你跟著爸爸在通匯集團不是挺好的嗎？通匯集團多大啊，我們海川大廈就那麼點業務，這兩者可不能相提並論的。」

趙淼說：「我不願意守著爸工作，他那個人太嚴厲了，誰受得了他啊。」

傅華爲難的看了看岳母，問道：「媽，你也同意小淼去海川大廈工作？」

岳母笑笑說：「這件事我不管，小淼愛怎麼辦，隨他的便吧。」

傅華看看趙淼，說：「小淼，這件事情我可不敢答應你，你要知道，爸把你帶在身邊，是有很深的用意的，你這樣做，一定會打亂他的佈局的。」

「姐夫，求求你了，你跟爸爸說說這件事情吧，他很器重你，一定會聽你的。」

「小淼啊，你怎麼就不明白，爸爸對你嚴厲是爲了你好，將來偌大的通匯集團都需要你擔負起來，爸爸是在培養你，知道嗎？」

趙淼說：「我當然知道了，可是我不想承擔這麼重的責任，你看姐多好，成天就知道玩，什麼事情都不管。」

傅華笑了，說：「你姐是個女人嘛，你怎麼跟她比啊？你是男人，要有肩膀，要知道承擔。」

趙淼露出無奈的表情說：「姐夫，這地球少了我又不會停止轉動，要承擔。不是有你和爸爸那樣的人嗎？」

「好啦，好啦，回頭我跟爸爸說一聲，看他是什麼意思，再來決定好不好？」

「那謝謝姐夫了。」

傅華心裏暗自搖頭，這趙淼享受富裕生活慣了，根本就不知道賺錢的艱辛，也不想體會賺錢的艱辛，真是安逸的富二代啊。

第十章

最後通牒

徐筠馬上按了接聽鍵，老董的大叫聲頓時傳進了屋內。
徐筠不但沒等到她想要的求和，反而等來了董昇讓她滾蛋的最後通牒；
而且這個最後通牒，她的兩個姐妹都聽到了，
轉眼變成這個樣子，讓她只想挖個洞鑽進去。

吃完晚飯，傅華回到家，在家裏找了本書看，等著趙婷回來。

趙婷可能玩的忘了時間，十二點鐘了還沒回來，傅華又不好打電話去催她，就洗漱了一番，去臥室睡下了。

剛躺下不久，手機響了起來，傅華看看是趙婷的號碼，忙接通了說：「你還沒瘋夠啊？」

趙婷笑了笑說：「不好意思啊，老公，我們現在在派出所，你能來把我們弄出去嗎？」

傅華一聽愣住了，趙婷有時候會胡鬧一點不假，可是鬧進派出所這還是第一次，便說道：「真是有出息，都被抓到派出所去了，你們幹嘛了？」

趙婷解釋說：「跟人打了一架，你帶點錢來把我們保出去。快點啊。」

傅華不敢怠慢，趕忙起身去了趙婷所說的派出所，一進去，就看到四個女人正氣哼哼的坐在派出所裏。

傅華看看趙婷，問道：「怎麼回事啊？」

趙婷指了指裏面，說：「你去問警察吧。」

傅華進了裏屋，兩名警察正在值班，傅華上前問道：「警察同志，發生什麼事情了？」

一名警察看了看傅華，問道：「你誰啊？」

傅華說：「我是海川駐京辦主任傅華，外面那個趙婷是我的妻子，請問她們做了什麼錯事了嗎？」

那名警察笑了笑，說：「做了什麼錯事了，她們在酒吧把人給打傷了。」

傅華愣了一下，說：「警察同志，你別開玩笑了，她們四個都是弱質女流，能打傷誰啊？」

警察笑笑說：「呵呵，看來你對她們還不是很瞭解，她們打傷了一男一女，那倆人還在醫院呢。」

看來打傷人是事實了，傅華心裏奇怪，這四個人向來是很有氣質的女人，平常他都沒見過這四個人跟別人紅著臉吵架過，怎麼這一下就把人打傷了？

不過既然在派出所，就是被人抓到了，傅華陪笑著說：

「警察同志，可能她們晚上喝得有點多，她們平常可都是很遵守法律的，您看這麼晚了，是不是處理一下，就可以讓她們離開了？」

警察說：「我看她們也不是常打架的人，那兩個人的傷也不是很重，好啦，你帶錢來了嗎？」

傅華點了點頭，說：「您說交多少吧？」

「六千吧，這是給那一男一女治傷用的。」

傅華把錢交了，警察就出來說：

「你們幾個可以回去了，回去認真反省一下，不管怎麼樣，打人是不對的，你們這幾個小姐這麼漂亮，這麼做也有損你們的形象。好了，走吧，有什麼事情，我會聯繫你們的。」

四人都沒出聲，站起來就往外走，傅華緊跟在後面。

出了派出所，趙婷對傅華說：「先送我們去酒吧拿車。」

去拿車的路上，四人都沉默著，傅華看了看她們，說道：「你們是不是沒人打算講一下今晚的事情啊？起碼告訴我爲什麼吧？」

四人沒一個搭腔，傅華有點惱了，說：「究竟怎麼回事啊，又不關我什麼事，你們給我什麼臉色看啊？」

這時徐筠說話了：「傅華，你這個人怎麼這麼差勁啊，你早知道老董在外面有人了，還不告訴我，你打算讓他騙我到什麼時候啊？」

傅華愣了一下，說：「你怎麼知道了，哦，你碰到老董了？」

傅華這時隱約猜到今晚被打傷的那一男一女，男的很可能就是老董。他回頭看了看章鳳，徐筠會知道老董以前就有這樣的事情，肯定是章鳳告訴她的。

章鳳見傅華看她，便說：「你不用看我了，老董確實也太不像話了，告訴徐筠姐晚上要處理公務，卻在酒吧跟別的女人幽會，實在太差勁了，我氣不過，就把那兩次看到的情形跟徐筠姐說了。」

鄭莉這時說道：「對啊，傅華，你究竟是怎麼回事啊，你不知道董昇這麼欺騙徐筠是不對的嗎，爲什麼不早點告訴她？」

趙婷也說：「是啊，老公，這件事情我也不能站在你這一邊，那一次老董打電話來，就是讓你替他遮掩的是吧，你還來騙我。」

傅華苦笑了一下，說：「好啦，好啦，你們別再說了，似乎現在錯的是我，而不是董昇。你們也不想想，徐筠這麼愛董昇，我如果告訴了她，豈不是讓她痛苦？那一次董昇過生日的情形你們又不是不記得，如果我告訴她，他們當時吵翻，過幾天又和好了，我豈不是變成了壞人？」

徐筠冷笑一聲，說：「你倒是挺好心的，我告訴你傅華，我徐筠喜歡董昇不假，可是還沒喜歡到他背叛我都不在乎的程度，這一次跟董昇過生日那次完全不同，現在性質完全變了。」

傅華回頭看了一眼徐筠，說：「行了，徐筠，你也用不著在這裏發狠，行啊，我沒告訴你是我不對，我跟你說聲對不起，現在你自己什麼都見到了，你要做什麼也可以做什麼了，不過是時間上晚了一點而已。」

趙婷搥了傅華一拳，埋怨道：「幹什麼啊，徐筠姐都已經很難過了，你別去刺激她了。」

傅華不敢再說話了。

徐筠長吸了一口氣，說道：「我這是造了什麼孽了，遇到了老董這麼個傢伙。」章鳳說：「徐筠姐，董昇那傢伙根本配不上你的，這次被你遇到了也好，早一點認清他的真面目，早一點離開這個負心薄倖的傢伙。」

徐筠抽泣了起來，說：「我只是想找個稱心的人結婚而已，我做錯什麼了，他怎麼能這麼騙我。」

「好啦徐筠，這不是你的錯，錯的是那個董昇王八蛋。你就別埋怨自己了。」鄭莉趕緊安慰徐筠說。

說話間，傅華將四人送到了酒吧門口，車一停下來，徐筠就下了車，直奔自己的車而去。傅華對鄭莉說：「鄭莉，別讓徐筠開車了，路上出什麼狀況就不好了。」

鄭莉說：「我知道了。」就追上去拉住了徐筠，說：「你坐我的車，我送你回去。」

徐筠也是心亂如麻，也沒掙扎，就被鄭莉拖上了車。鄭莉發動了車子，將徐筠帶走了。

章鳳也上了自己的車，離開了。

傅華看看趙婷，說道：「我們也回家吧。」

趙婷說：「徐筠姐真是可憐。」

傅華說：「好啦，已經很晚了，有什麼可憐她的話，留著你明天當面跟她說吧。」

趙婷不高興地說：「老公，你怎麼這麼冷血啊。」

傅華掉轉了車頭，往家裏開，一邊說道：「可憐之人必有可恨之處。」

趙婷說：「這又不關徐筠的事。」

傅華嘆了口氣，說：「明眼人一看就知道徐筠太在乎董昇了，不然的話，董昇也不敢這麼肆無忌憚。哎，你們是怎麼跟董昇他們動起手來的？」

趙婷說：「我們幾個在酒吧裏喝得正高興著呢，董昇就摟著一個妖艷的女人進來了，結果被徐筠一眼看個正著。你說這個董昇吧，也真不要臉，就那麼賤，當著那麼多人跟那個女人又親又摸的，由不得徐筠不火大，就上去質問董昇。那個董昇也是無賴，被撞到了，不但不感到羞愧，反而說讓徐筠不要管他，那個女人也來推搡徐筠，說徐筠算是什麼東西。徐筠實在忍不住了，就甩了那個賤女人一巴掌。」

傅華聽了，說：「徐筠總算還有點骨氣。」

趙婷氣憤地說：「也就是徐筠姐，換我打不死那個女人，還敢來推人。那個老董更混賬，見那女人被打了，竟然揮手給了徐筠姐一巴掌，徐筠姐越發生氣，就跟董昇和那女人動起手來，我們三個人怕徐筠姐一人打兩個吃虧，自然就上去幫忙了。」

傅華說：「你們也真夠猛的，竟然把他們打進了醫院裏。」

趙婷嘿嘿笑笑說：「你以爲我們幾個女人就好欺負了，告訴你，我們都是常打高爾夫球練出來的。老公，我可警告你啊，如果被我發現你有跟老董一樣的情形，我會照打不誤的。」

傅華笑笑說：「說我幹什麼，我又不跟老董一樣。這下可好，打了老董，徐筠就不要惦記再和他和好了。」

趙婷說：「老董都這個樣子了，徐筠姐只要有點骨氣，應該也不會再跟他和好了。」

傅華搖了搖頭，說：「那倒不一定，上一次他們吵架，我們也沒想到他們又會重修舊好。」

趙婷說：「徐筠姐自己都說這一次性質不同了。」

車子進了笙篁雅舍，兩人下了車，一起回了家。

第二天，傅華剛起床，手機就響了起來，看看是商務部崔波的電話，接通後，傅華便說：「崔司長，你是來問董昇和徐筠的事情吧？」

「對啊，他們怎麼回事啊？董昇跟我通電話的時候，說他被徐筠給打了。」崔波問。

傅華說：「董昇該打，偷吃都偷到了徐筠面前來，你是徐筠你不打他？」

崔波說：「打人總是不對的嘛。誒，傅華，你跟你老婆倆能不能幫老董勸勸徐筠啊，讓她消消氣，回頭我讓老董給她賠不是行不行？」

傅華笑笑說：「不好意思，這一次我幫不上忙了，我跟你說，我幫老董瞞了兩次了，昨晚被那幾名女將埋怨得不輕啊，我不能再幫老董說話了。」

這時趙婷已經醒了，問傅華：「誰的電話？」

「崔司長的。」

趙婷一把把電話搶了過去，說道：「崔司長，你別來和稀泥了，你跟姓董的說，讓他去死吧。」

崔波笑了笑，說：「弟妹啊，我知道這一次老董做得有些過分，我也想揍他，不過，你是不是聽聽徐筠自己的意見？」

趙婷笑笑說：「我說的就是徐筠姐讓他去死。」

傅華說：「你別瞎說，把電話給我。」

趙婷把電話扔給了傅華，傅華拿起電話對崔波說：「崔司長，你都聽到了，老董這一次真的做得太過分了，我也幫不了你什麼。」

崔波乾笑了一下，說：「那算了，我再想辦法吧。」

崔波掛了電話。

趙婷說：「這個姓崔的也不夠意思，上一次要不是他勸徐筠，徐筠和董昇早就分手了，他就會幫著董昇說話。」

傅華笑笑說：「好啦，不要老董出了問題，所有的朋友就都有問題。你還是趕緊打個電話給你的好姐妹，看看她怎麼樣了吧？」

「這倒是。」

趙婷就打電話給徐筠，徐筠接了，淡淡地說：「我沒事了，小婷啊，你忙自己的去吧。」

「徐筠姐，你別什麼都悶在心裏，要不，我們約上鄭莉姐再出來逛街吧。」

徐筠說：「不要了，我想自己靜一下，小婷，你跟傅華說一下，其實不關他的事的，昨天我說他有點過分了。」

「你別管他了，他一個男人說兩句還受得了。」

徐筠說：「那就這樣吧。」

趙婷還想說些什麼，徐筠卻已經掛上了電話。

趙婷回頭看了看傅華，有點擔心地說：「老公，徐筠姐冷靜得有點可怕，我擔心她會不會做什麼傻事啊？」

傅華說：「也許她早就該冷靜冷靜了。」

「別說風涼話了，人家徐筠姐還說昨天不該說你呢。我看說你也是活該。」趙婷說。

傅華笑笑說：「好啦，你擔心她就去看看她嘛，你找鄭莉跟你一起去。」

趙婷說：「好吧，我叫上鄭莉一起去看她。」

醫院裏，在董昇的病床前，崔波把一個果籃放到了床頭小櫃上，然後看了看董昇，董昇臉上有點瘀腫，還有些被抓的血痕，一看就是被人打過的樣子，不過不是很重，便笑笑說：「老董啊，你怎麼老是這麼胡鬧呢？」

董昇不高興地說：「誰胡鬧了，我不過是跟一個朋友出來談事情，結果碰上了徐筠這個臭女人。」

崔波說：「你別裝了，談什麼事情要半夜三更去酒吧談？我發現你是不是心態有點反常了，你老婆對不起你，你就要折騰別的女人嗎？徐筠對你多好啊，你怎麼還搞這些拈花惹草的事？」

董昇說：「好啦，以後我的私生活方面的事情你不要管了。」

崔波瞪了董昇一眼，說：「你以爲我想管啊，你要知道，你現在做什麼事都跟我牽在一起，我不想到時候跟你一起倒楣。」

董昇不服氣地說：「跟我倒什麼楣啊，我幫你弄到了多少錢啊。」

崔波急了，說道：「你瞎嚷嚷什麼，什麼錢不錢的，這裏是醫院，隔牆有耳知道嗎？」

董昇說：「我就是不知道你在害怕什麼，我跟徐筠之間是出了一點問題，可是與你有什麼關係啊？」

崔波說：「徐筠的背景很深你又不是不知道，你惹了她，她真是要整我們，你就等著倒楣吧。」

董昇不以爲意地說：「好啦，她知道的事情不多，整不倒我們的，你別瞎擔心了。再說，她知道的只是我的事情，我不說，誰還會知道我們之間的事情啊？」

崔波看了看董昇，說道：「你不要把別人都當傻瓜。」

董昇說：「你也別草木皆兵。對了，早上你說找我有事情的，什麼事情啊？」

崔波早上確實是有事情找董昇，後來打電話知道董昇在病房裏，就把要說的事情擱置了下來，先來看董昇了。

崔波看了看董昇，說：「我是有事情要找你，可你現在這個樣子不太合適吧。」

董昇說：「我沒什麼大事了，那幫臭女人終究沒什麼力氣，我只是一點皮肉傷，只是趙婷那個臭婆娘狠狠的給了我腦袋一拳，害我頭暈到現在。醫生說可能有輕微的腦震盪，觀察幾天就沒事了。什麼事情你說吧。」

崔波說：「那我就說了，我最近要買房子，錢還不太夠，你能不能幫我湊一點？」

董昇爽快地說：「行啊，你想要多少？」

崔波說：「五十個，行嗎？」

董昇說：「行，回頭我出院就拿給你。」

崔波笑笑說：「那謝了。你呀，別在醫院裏泡了，傳出去叫幾個女人給揍了，也夠丟臉的。」

「是夠丟臉的，他媽的，這一次我跟徐筠是到頭了，說什麼我也不跟這個臭女人再在一起了。」董昇不解氣地說。

崔波勸說：「你別這樣啊，剛才我還打電話給傅華，想讓他幫忙給你說和說和呢。不過傅華說，他幫不上這個忙，那幾個女將對你的意見大了去了，趙婷還把電話奪了去，直接跟我喊叫你去死。我想現在徐筠肯定還在氣頭上，你千萬別火上澆油啊，別再去找徐筠吵架，知道嗎？等過幾天，徐筠冷靜了下來，我出面幫你們調解一下，你們就和好了。」

董昇搖搖頭說：「這一次我說什麼都不能聽你的了，她們都來打我了，我還忍氣吞聲，叫女人都欺負到頭上來了，那我還算個男人嗎？」

崔波忙說：「你別給我添亂好不好，我們現在需要什麼，需要穩定知道嗎？你就是要跟徐筠分手，也不能在她這麼恨你的時候分，女人要是恨起你來是很可怕的。」

董昇說：「好啦，你別再跟我說這一套了，我心已定，這一次說什麼也要跟徐筠分手，本來上一次我就打算跟她了斷，都是被你逼的，現在好了吧，讓這個臭娘們蹬鼻子上臉了，竟然敢打我。」

「我是爲大家好，你怎麼就不明白啊，你弄得雞飛狗跳，什麼都亂七八糟的，我們還怎麼合作啊？」崔波擔心地說。

董昇說：「這一次你說什麼我都不聽了，分手，一定要分手。」說著，董昇拿出了電話，撥通了徐筠的手機。

崔波一看，急說道：「你給誰撥電話呢？」

董昇說：「徐筠。」

「你有病啊。」說著，崔波就伸手來奪電話。董昇卻將崔波一把推開。

這時，徐筠在猶豫了半天之後，終於接通了電話，董昇就叫道：

「徐筠，你給我聽著，趕緊去我家把你的東西收拾好，給我滾蛋。」

說完，董昇沒等徐筠有什麼反應，就掛了電話。

崔波聽董昇這麼說，氣得用手指著董昇，半天說不出話來。

董昇笑笑說：「我不就是跟那個臭女人分手而已嗎？你不用這個樣子吧？」

崔波說：「你就發狠吧，等把大家都害進去你就舒服了。」

董昇說：「老崔，你膽子也太小了，徐筠不過就是一個臭女人，你沒看她在我面前的那個樣子嗎？她能做什麼，她敢做什麼啊？真不知道你在害怕什麼。」

「你不知道女人狠起來是什麼都不顧的嗎？你不要把別人都當傻瓜，我不跟你說了，你真是不可理喻。」

崔波說完，甩手就往外走，董昇說：「怎麼就走了，再陪我一會兒嘛，我一個人在這兒挺悶的。」

崔波邊走邊說：「我懶得看你這個樣子。」

董昇說：「那五十個你還要不要了？」

「要，怎麼不要，你出院後送我家裏去。」

說完，崔波便揚長而去了。

董昇心裏暗罵，拿老子的錢的時候，你倒從來都不覺得我不可理喻。雖然不滿崔波對自己的態度，不過這下可以徹底擺脫掉徐筠，董昇心裏還是感到十分輕鬆的。

他記不得自己對徐筠的厭惡是從什麼時候開始的，其實一開始在徐筠還不肯接受自己的時候，董昇是很喜歡徐筠的。

那時候，董昇有一種克服難關的欲望，想盡辦法也要攻克徐筠的心防，那時候他真是興致勃勃啊。可是真正得到徐筠之後，一切都興味索然了，特別是徐筠對他越來越好之後，董昇甚至開始厭惡她，這種厭惡是從心底發起的，連他自己都無法抑制。

雖然他也知道徐筠是真心對自己好，可是他已經越來越不習慣女人對自己的好，這種好給他一種不可信的感覺，就像他的前妻，平時看上去對自己那麼好，背地裏卻早就跟別人勾搭上了，那種被背叛的感覺深深地印在他的腦海中，讓他對所有對自己好的人本能的就有一種懷疑。董昇寧願放棄承受這種好，轉而去攻克新的女人的心防。

崔波說，他這是因爲受了前妻的傷害而對女人的一種報復心態，但董昇卻覺得這不是報復，他只有從跟新的女人交往中，才能獲取一種快感，這是他的心理需要，也是生理的需要。

董昇現在想要的只是一個跟女人的交往過程，而不是跟女人持續穩定的共同生活，他想要追求的是一種新的刺激，而非那種已經成為公式的固定生活狀態。

偏偏徐筠追求的就是一種固定的婚姻生活狀態，而且為了達到這種目的，她對董昇不是一般的好，董昇有一種被綁住了的感覺，他早就有甩掉徐筠的念頭，可是他的夥伴們卻出於某種因素考慮，一定要董昇保持跟徐筠的這種穩定的關係。

那次過生日，董昇早已是有點忍無可忍了，在徐筠面前來了一次大爆發，但事後崔波很嚴肅的跟他談了一次，甚至不惜以中斷合作來威脅他，董昇很多方面還需要依賴崔波，不得不妥協，委屈自已向徐筠求和，並且開始在人面前對徐筠表現得十分呵護。

但內心中，董昇卻越來越厭惡這種關係，就開始越來越頻繁的會見網友，跟別的女人上床，以私下偷情的刺激求得心態上的平衡。

這種頻繁慢慢達到了無法掩飾的程度，這也是為什麼他幾次被傅華等人撞上的原因。

現在好啦，他終於可以跟這個纏人的女人說拜拜了，董昇竟然有一種如釋重負的輕鬆感。

徐筠家裏，徐筠接到董昇電話的時候，正在陪鄭莉和趙婷閒聊。

趙婷和鄭莉一起出現在徐筠面前時，徐筠笑說：「小婷你就是八婆，我都說已經沒事了，你還把鄭莉拖過來幹什麼啊？」

鄭莉笑笑說：「你別埋怨小婷了，我也正想過來看看你的。反正我們也沒事，就陪你了。」

徐筠說：「想想也可笑，我徐筠什麼時候變得這麼脆弱了，我原本不是這個樣子的。」

鄭莉說：「這我倒知道，自從你跟這個老董在一起之後，你就完全迷失了自己，做什麼都是以老董爲目的，患得患失的，哪像我以前認識的徐筠。以前的徐筠可是爽朗自信，雖然說不上是一個女強人，可是也不會爲一個男人搞得這麼進退無據。」

徐筠笑了，說：「小莉啊，別再損我了。」

趙婷在一旁說：「徐筠姐，我也有些不明白，老董有什麼讓你那麼迷的，長得也不帥，做事又不乾脆，蔫蔫乎乎，一看就令人十分討厭。」

徐筠笑笑說：「小婷，姐姐不是你這個年紀的小女孩了，找男人要找真心對自己好的，而不是光看帥不帥。當然，如果能像你老公那樣，又帥又對你好的是最好了，可那樣的男人是可遇不可求的。」

趙婷說：「我老公那當然沒得挑，不過老董對你好嗎？我怎麼從來沒見過啊？」

徐筠說：「你認識我的時候，我跟老董感情已經穩定了，所以他對我好的時候你沒見過。你知道嗎，有一次我們講電話聊天時，我不經意地說現在很想喝酸梅湯，大半夜的，老董竟然跑了半個北京城，找到一家賣酸梅湯的，買了酸梅湯給我送過來，雖然那酸梅湯沒有琉璃廠信遠齋的好喝，可是那份情意真的讓我好感動。」

這時徐筠臉上現出一副受呵護的小女人的幸福樣子，似乎還可以回味到當初那種甜蜜，趙婷看在眼中，心中不禁有些可憐徐筠的癡情，董昇對她都那樣了，她還是忘不了董昇的好，看樣子，如果這個時候董昇說幾句好話哄哄她，她可能馬上就又會原諒董昇了。傅華說的還真對，這徐筠也許真的需要冷靜冷靜了。

其實，趙婷是沒有徐筠的經歷，不瞭解徐筠的心路歷程，徐筠和董昇一樣，也經歷過一次失敗的婚姻，她被前夫弄得傷痕累累，本來對人生的看法都是灰色的，是董昇的呵護讓她重燃對生活的熱愛，因此她對董昇倍感珍惜，恨不得掏出心來對董昇好。

徐筠還回味在幸福中，她的手機響了，看看是老董的號碼，她頓時沒了主意，說：「怎麼辦，是老董的，我接不接啊？」

鄭莉說：「別接，你們都那個樣子了，還打什麼電話來？」

徐筠猶豫的說：「如果老董是要跟我賠禮道歉呢？」

趙婷急道：「徐筠姐，你不會是又想原諒老董吧，我跟你說，你這次要是原諒老董，你就徹底完了。」

徐筠苦笑了一下，說：「也許老董是要跟我解釋昨晚的事情呢？我們昨晚都喝了酒，也許都有些衝動了。」

鄭莉無奈的看著徐筠，說：「徐筠，叫我說什麼好呢，好吧，好吧，你接吧。」

徐筠馬上按了接聽鍵，老董的大叫聲頓時傳進了屋內。徐筠不但沒等到她想要的求和，反而等來了董昇讓她滾蛋的最後通牒；而且這個最後通牒，她的兩個姐妹淘都聽到了，剛剛她還說老董可能是要來解釋求和的，轉眼變成這個樣子，讓她只想挖個洞鑽進去。

她頓時無地自容，整個人從頭涼到腳，再也克制不住自己，一行清淚無聲的流了下來。

屋內的氣溫頓時降到冰點，鄭莉和趙婷面面相覷，她們實在沒想到董昇打電話來，竟是下最後通牒的，眼前的徐筠一副傷心欲絕的模樣，兩人幾乎都找不出可以勸解的話來了。

趙婷被激怒了，站起來叫道：「董昇這個混蛋，看來昨晚揍他揍輕了，我要去醫院再教訓教訓他。」

說完，趙婷就要往外走，鄭莉一把拉住了她：「好了小婷，你就別再添亂了，那個王八蛋早晚會有報應的。」

鄭莉是擔心徐筠現在的心理承受能力，她很擔心徐筠會受不了這個打擊，因此想留在這裏看著徐筠。

趙婷還是不肯善罷甘休，直叫道：「不行，我不教訓他，我這口氣出不來。」

「小婷，要教訓，我自己會教訓他，不用你來。」徐筠猛然坐直了，冷冷地說道。

趙婷愣住了，回頭看了看徐筠，只看到徐筠一臉的肅殺之氣，感覺徐筠似乎是已經氣到了極點，便有些擔心的說：「徐筠姐，我不去就是了，你可別因爲老董，氣壞了自己的身子，不值得啊。」

徐筠冷冷地一笑，說：「小婷，你不用爲我擔心，老董既然對我棄之如敝屣，我也犯不上爲他傷心難過。」

鄭莉小心地觀察著徐筠的臉色，她對徐筠這種一反常態的神情也很不放心。

徐筠苦笑了一下，說：「好啦，不用看了，我沒事的。」

鄭莉擔心地問：「真的沒事？」

徐筠不耐煩地說：「你們真是的，我軟弱的時候你們不放心，現在我堅強起來了，你們也不放心，你們到底想讓我怎麼做啊？」

趙婷說：「我們想要你堅強起來，你不需要依賴那個混蛋的，我和鄭莉會站在你身邊支持你的。」

徐筠點了點頭，分別抓住了趙婷和鄭莉的胳膊，說：「謝謝你們，剛才如果沒你們在我身邊，我真不知道該如何自處了。」

鄭莉笑笑說：「好啦，好啦，都是好姐妹，應該支持你的。怎麼樣，我和趙婷今天就留在你這裏，我們三個好好過個只有姐妹的日子，好不好？」

趙婷立刻說：「好哇，好哇，要不叫上章鳳，我們一起喝酒。」

徐筠微笑著搖了搖頭，說：「好什麼啊，小婷，我再把你霸在身邊，你老公要埋怨死我了，怎麼了，不想老公了？」

趙婷笑笑說：「姐妹第一，老公最後。」

徐筠摸了摸趙婷的頭，說：「好啦，小婷，我知道你是擔心我做傻事，放心吧，我已經看出來了，從頭到尾，董昇這傢伙根本就沒真的喜歡過我，是我自己傻乎乎的以爲他真的愛上了我了，我現在才明白，他開始對我那麼好，就是爲了把我騙上手，現在騙上手了，也玩夠了，自然到了甩掉的時候了。爲了這樣一個傢伙做傻事，不值得。」

鄭莉說：「你知道不值得就好。」

徐筠笑笑說：「好啦，我們也別在這乾坐著了，你們來了正好，我的車還在酒吧那裡呢，先陪我去取車，然後陪我去董昇家把東西拿回來，我也該跟董昇徹底了斷了。」

兩人就陪著徐筠去把車牽了，然後去董昇的住處，徐筠把自己的東西收拾好，放到車上。

鄭莉和趙婷一直在默默觀察著徐筠，見徐筠這回再也沒有什麼留戀的神情了，這才放下心來，看來這次她真是要跟董昇斷了。

徐筠回頭看了看，苦笑一聲說：「鄭莉，姐姐我這幾個月是被人耍得夠慘的了。」

鄭莉趕忙安慰說：「好啦，他會有報應的，我們回去吧。」

徐筠恨恨地說：「董昇，你要跟我這麼玩，就別怪我不客氣了，我徐筠可不是那麼好耍的，你等著吧，我會讓你付出代價的。行了，走。」

徐筠發完狠，便發動了車子，趙婷也準備上車，要陪著徐筠一起走，徐筠笑著說：「好啦，小婷，你就別跟著我了，你當真不要你老公了嗎？行了，有鄭莉陪我就行了。」

趙婷看了看鄭莉，鄭莉說：「小婷，你就留下來吧，我看以前的徐筠已經回來了，現在就是我不陪她也沒事了。」

趙婷只好說：「那好吧，我就不去了。」

鄭莉和徐筠離開後，趙婷就回了自己的家。

晚上，傅華回家看到趙婷，問說：「你怎麼在家啊？徐筠該不會又和董昇和好了吧？」

「你這次可說錯了，他們徹底分手了。那個董昇也真是個王八蛋，竟然在電話裡叫徐筠姐滾蛋，她已經收拾好東西，搬出了董昇的家。」

傅華說：「她早該這樣了，不知道是不是當局者迷，反正我早就覺得董昇早晚會甩掉徐筠的。」

趙婷氣憤地說：「這種事情，總是你們男人佔便宜，最後受傷的都是女人。」

傅華笑說：「那可不一定啊，據說董昇當初就是被他老婆騙得很慘。好啦，不說他們了，小淼跟我說，他不想跟著爸爸幹了，他想來海川大廈，你覺得爸爸會同意嗎？」

趙婷愣了一下，說：「小淼去海川大廈幹什麼，他在通匯不是幹得好好的嗎？」

「爸爸對他太嚴厲了，他有些受不了，非要我跟爸爸說。」

「那你就跟爸爸說一下吧，如果爸同意，就讓小淼做通匯集團在海川大廈的代表吧，我就功成身退，回家專門伺候老公。」

傅華搖了搖頭，說：「你們姐弟倆啊，我真是不知道該說你們什麼好，多少人想要這種機會都沒有，你們卻避之唯恐不及。」

趙婷笑了，說道：「這很正常啊，『凡有的，還要加給他叫他多餘；沒有的，連他所有的也要奪過來。』上天就是願意讓好的更好，壞的更壞，多的更多，少的更少；這是自然法則，上帝祂老人家早就說過的。」

傅華笑笑：「不錯啊，你連馬太效應都知道啊。」

趙婷笑著說：「滾一邊去，怎麼說我也是大學畢業，馬太效應還是知道的。行了，你就按照我跟你說的跟爸爸談談吧，看看他的意見。」

「好吧，這幾天我找個機會跟爸爸單獨談一下。」

過了兩天，董昇經過觀察沒什麼問題了，出院回到家中。家中有些冷清，一看徐筠已經搬走了。

董昇愜意的倒在床上，沒有了那女人的糾纏，他覺得渾身上下都透著舒爽，還是一個人比較自在，想幹什麼就幹什麼。

躺了一會兒，董昇爬了起來，上網打開聊天室，一看那名跟自己聊了有些時日的網友「等愛的寂寞女人」正好在線上，心想今晚就搞定她吧，便點擊了「等愛的寂寞女人」的名字，打開了聊天的視窗。

「寶貝，我幾天都沒上線了，想我了沒？」

「等愛的寂寞女人」回道：「呵呵，想你幹什麼，你又不知道去泡哪個美眉去了。」

很快，董昇就和「等愛的寂寞女人」約好見面的時間地點，董昇連忙簡單的打扮了一下，就穿好衣服，走出了家門。

鎖門的時候，董昇不由得高興的想到，幸虧甩掉了徐筠，不然要出去泡妞，還要想辦法避開徐筠，哪裏有這麼自由啊。

董昇自以爲得計，可是他忘記了一點，這世界上，是沒有什麼絕對自由的。不受約束的自由帶給他的快樂是短暫的，但他要付出的代價，將是他無法承受的，只是在出門的這一刻，他還不知道他將面臨什麼。

請續看《官商鬥法》六　風雲突變

官商鬥法 五 一石三鳥

作者：姜遠方
發行人：陳曉林
出版所：風雲時代出版股份有限公司
地址：105台北市民生東路五段178號7樓之3
風雲書網：http://www.eastbooks.com.tw
官方部落格：http://eastbooks.pixnet.net/blog
Facebook：http://www.facebook.com/h7560949
信箱：h7560949@ms15.hinet.net
郵撥帳號：12043291
服務專線：(02)27560949
傳真專線：(02)27653799
執行主編：朱墨菲
美術編輯：風雲時代編輯小組

法律顧問：永然法律事務所 李永然律師
北辰著作權事務所 蕭雄淋律師

版權授權：蔡雷平
初版日期：2015年7月
初版二刷：2015年7月20日
ISBN ：978-986-352-149-5

總 經 銷：成信文化事業股份有限公司
地　　址：新北市新店區中正路四維巷二弄2號4樓
電　　話：(02)2219-2080

行政院新聞局局版台業字第3595號 營利事業統一編號22759935

定價 ：280元　　特惠價 ：199 元

國家圖書館出版品預行編目資料

官商鬥法 ／ 姜遠方 著. -- 初版. -- 臺北市：
風雲時代，2015.01 -- 冊；公分

ISBN 978-986-352-149-5（第5冊；平裝）

857.7　　　　103027825